脅迫された花嫁

ジャクリーン・バード 作

漆原　麗 訳

JN049264

ハーレクイン・ロマンス

東京・ロンドン・トロント・パリ・ニューヨーク・アムステルダム
ハンブルク・ストックホルム・ミラノ・シドニー・マドリッド・ワルシャワ
ブダペスト・リオデジャネイロ・ルクセンブルク・フリブール・ムンバイ

A MOST PASSIONATE REVENGE

by Jacqueline Baird

Published by Harlequin Japan, a Division of K.K. HarperCollins Japan, 2024

ジャクリーン・バード

もともと趣味は油絵を描くことだったが、家族からにおいに苦情を言われ、文章を書くことにした。そしてすぐにロマンス小説の執筆に夢中になった。旅行が好きで、アルバイトをしながらヨーロッパ、アメリカ、オーストラリアを回った。18 歳で出会った夫と 2 人の息子とともに、今も生まれ故郷のイングランド北東部に暮らす。ロマンティックタイムズ誌の受賞歴をもち、ベストセラーリストにもたびたび登場する人気作家。

主要登場人物

ロザリン・メイ……………………………医師。愛称ローズ。
アン………………………………………ローズの従妹。
ハビエル・バルデスピノ…………………銀行頭取。
ドン・パブロ・オルテガ・バルデスピノ……ハビエルの父親。
ジェイミ……………………………………ハビエルの甥。アンの婚約者。
セバスチャン………………………………ハビエルの元友人。
カティア……………………………………セバスチャンの妹。ハビエルの先妻。故人。

1

「ジェイミはまだ二十四歳だ。結婚するには若すぎる。姉さんがきちんと諭すべきだ」ハビエルはセクシーな口をゆがめ、姉を見下ろした。

姉ならジェイミを説得できる。ハビエルは長年の経験から確信していた。

ハビエルの母親は、彼が八歳のときに亡くなった。以後、十歳年上の姉テレサが母親代わりを務めた。彼女は母親よりも厳しかったが、ハビエルは姉を愛していた。

テレサが二十四歳のとき、純血のアンダルシア馬を買いに、デイビッド・イースターバイがハビエル一家の住むセビーリャの牧場にやってきた。姉がそのイギリス人と恋に落ちたとき、ハビエルは心底ほっとしたものだ。

歴史は繰り返す、か。ハビエルは胸の内でつぶやいた。あれから二十五年がたち、今度は姉のひとり息子が結婚すると言いだした。婚約パーティは両家の顔合わせも兼ねているので、ハビエルもやむなく、スペインからイギリスのヨークシャー渓谷へとやってきた。

「あなたの問題点は恋に落ちた経験がないことよ」テレサが言った。

「でも、結婚は一度した。だいたい、姉さんとデイビッドみたいな関係を築ける夫婦など、めったにいやしない」

「とにかく、これはジェイミが自分で決めたことなの。あの子の気持ちを尊重したいわ。もうじきここへ来るけれど、反対しないでちょうだいね。それから、婚約者のアンとご両親に礼儀正しくふるまってよ」

「結婚が遅れている従姉《いとこ》にも、だろう？」ハビエルは黒い眉を片方だけ上げてみせた。三時間前に姉の家に着いたとき、婚約者の従姉も招待されていると聞かされたばかりだった。「はっきり言っておくよ、姉さん。僕とそのレディを結婚させようとたくらんでいるのなら、無駄だ」

「そんなこと考えるわけないでしょう」テレサはいたずらっぽく言い、弟を見やった。

身長百九十三センチのたくましい体は、いかにも手ごわいといった雰囲気を漂わせている。ハンサムな顔だちに漆黒の髪。焦げ茶色の瞳は興奮すると金色に輝く。若い時分、ハビエルは大勢の女性にちやほやされ、楽しい思いを存分に味わった。だが、ここ二、三年、彼の瞳が金色に変わることはほとんどない。いつも冷酷な表情を顔に張りつけ、ほほ笑むことすらなくなった。

「あなたに挑戦してみようなんて、もう誰も思わないんじゃないかしら」テレサはかすかに同情の色を浮かべた。

哀れんだりするな。ハビエルは姉をにらみつけて踵《きびす》を返し、優雅な居間を進んでいった。甥《おい》が若い身空で結婚したいのなら、すればいい。どうせ僕には関係がない。父の代理にすぎないのだから。ハビエルは大きな出窓の前で立ち止まり、外の私道を見るともなく眺めた。父ドン・パブロ・オルテガ・バルデスピノは七十九歳で心臓も弱く、イギリス行きは断念せざるをえなかった。代わりに、ハビエルに婚約パーティへの出席を命じたのだ。

ハビエルと父親の意見はたいてい食い違う。ジェイミの結婚にしても例外ではなかった。だが、〝おまえは後継者を作ろうとしない〟とドン・パブロにとがめられ、ハビエルはしぶしぶ週末のイギリス行きに同意した。えりすぐった友人を自宅に招いてのパーティは別として、彼はホーム・パーティなど嫌いだった。仕事以外で週末を外国で過ごすのは九年ぶりになる。

ハビエルは仕事中心に生きていた。性的な欲求を満たすために、ときどき愛人宅を訪れるものの、それさえ五カ月以上もご無沙汰《ぶさた》だ。

車の音に、ハビエルははっと我に返った。車が二台私道を上がってくる。先頭のはジェイミの大きな四輪駆動だ。甥の二十三歳の誕生日にハビエルが贈った車だ。二台目は六〇年代型の緑色のジャガーだ。極端に長く優雅なボンネットとワイヤーホイールを見れば明らかだ。車体が春の午後の日差しに光り輝いている。車好きのハビエルにはたまらない眺めだ。

最初の車からジェイミが飛びだし、後部座席のドアを開けて年配の夫婦に手を貸している。ハビエルは、夫婦と、ジェイミの隣に立っている愛らしい黒髪の娘をちらりと見た。婚約者だな。思う間もなく、彼は二台目の車に神経を集中させた。クラシックカーの愛好者と車談義を楽しめそうだ。あのジャガーの持ち主なら、気が合うに違いない。

ハビエルの冷たい瞳に、突然明るい光がともった。運転手が車を降り、フェンダーを磨いている。なんという女性だろう！　背が高く、脚も長い。金褐色の髪を後ろに束ね、赤いシルクのスカーフで縛っている。彼女がトランクのほうに目を向けると、巻毛が優雅な背中の半ばまで届いているのが見えた。

「そんなぽんこつ、どこで手に入れたんだい、ローズ？　環境に優しくない車だなあ」ジェイミは婚約者の腰に腕をまわしながら女性を冷やかした。

勢いよくトランクを閉めた女性は、小型の旅行かばんを手に、顎をつんと上げて若いカップルをにらんだ。「口のきき方に気をつけなさい！　バートラムを侮辱したら承知しないわよ。この車はどんな男性よりずっと頼りがいがあるんだから」

目が笑っている。鮮やかな緑色の瞳が印象的だ。

女性は大股で二人に歩み寄った。

「父からもらったのよ。父はこの車を愛し、誇りに思っていたわ。あなたが運転している怪物の二倍の価値はあるでしょうね」

「彼女の言うとおりだ。クラシックカーを欲しがる者は大勢いる」白髪まじりの男性が話に加わり、女性を見た。「まさか途中で会うとは思わなかったよ。飛ばしすぎなかっただろうね、ロザリン？」

「本当に偶然ね。こちらではきちんと制限速度を守っているわ、アレックス叔父さん」女性は笑顔で応じた。

ハビエルには彼らの会話はほとんど聞き取れなかった。ジャガーを運転してきた女性のあまりの美しさに、下腹部がもう反応している。「なんということだ！」彼は低くうなった。この十年間、これほど女性に惹《ひ》かれたことはなかった。きっと久しく愛人のもとを訪ねていないせいだろう。

ハビエルはビロードのカーテンに隠れるように、一歩下がった。金褐色の髪の女性が笑っている。彼の心は決まった。彼女を僕のものにする。あの今はちょっとすねた官能的な唇にキスをし、魅惑的な体から服をはぎ取り、彼女の中に何度も我が身を沈めてみせる。

悪魔のような光が彼の瞳に宿った。

これほど気分が高揚したのは何年ぶりだろうか。忘れられない週末になりそうだ。彼女にとってもそうなるだろう。彼女がジェイミにほほ笑んだという理由だけで、ハビエルは甥を殴りつけたくなった。

女性がこちらを見あげている。ハビエルは両手をジーンズのポケットに深く突っこんだ。彼女はこれから何が起こるか、まったく気づいていない。今はまだ悟られてはならない。作戦を練らなくては。手は震え、頭はろくに働かない。まるでティーンエイジャーではないか。

「姉さん、客が見えたよ」振り返ったハビエルは、みごとにすべての表情を消し去っていた。「散歩に行ってくる。みんなとは食事のときに会うから」姉の返事を待たず、彼は居間に続くサンルームを通って庭へ出た。

ローズは笑みを浮かべたまま、家を見あげた。赤い煉瓦《れんが》造りの小さな家は、古いけれど感じがよい。優雅な出窓は蔓《つる》植物に覆われ、外壁も半分ほど、鮮やかな緑色のアメリカ蔦《づた》とクレマチスの花で埋められている。すてきな週末を過ごせそうだわ。だが、緑色のセーターの裾《すそ》を引っ張り、旅行かばんを持って歩き始めたとたん、彼女の全身に震えが走り、鳥肌が立った。

誰かに見つめられている気がして、ローズはもう一度家を見あげた。なぜか、先ほど感じたような好印象はない。ばかなことを考えないで。彼女は足を速め、玄関へと向かった。

海外医療援助機関に勤めて三年になる彼女は、上司から休暇をとるよう強く言われた。幼い患者たちを夢中で看病するあまり、精神的疲労がきわみに達していたのだ。上司は〝帰国しないと君の体がもたない〟と主張し、彼女に三カ月の休暇を与えた。なるほど、彼の言うとおりかもしれない。

玄関のドアが大きく開いた。ジェイミの母親であるテレサは小柄で、髪は黒い。まだ四十代と思われ、とても魅力がある。父親のデイビッドは背が高く、髪には白いものがまじり、妻よりはるかに年上のようだった。

初対面で交わされる言葉は決まっている。天気のこと、道中のこと……。ローズはいつしか不安を忘れ、ジーン叔母とアレックス叔父がリラックスしているのを見て、ほっとした。従妹《いとこ》のアンはジェイミにしっかり腕をまわされている。視線を交わす若い二人の瞳には、互いの姿しか映らないようだ。

「父は体調が悪くて、セビーリャから来られなかったけれど、九月の結婚式までにはきっと回復すると思うわ」テレサは言い、一同を居間に通した。

セビーリャですって！　ローズは一瞬、心臓が止まりかけた。「スペイン人なのね！　でも、少しもそんなふうには――」みんなの注目を浴び、彼女は顔を赤らめた。

「夫によく言われるのよ、わたしの発音は彼よりヨークシャーらしいって。ここに住んでもう二十五年になるわ」テレサは笑いながら言った。

それでも、ローズにとってはショックだった。しばらくして居間を出て、皆のあとから階段をのぼり始めても、彼女はまだ立ち直れないでいた。

テレサはアレックスとジーンを正面の部屋に、アンをその隣の部屋に通した。それからテレサはローズを伴って廊下を進み、閉まったドアの前で立ち止まった。「ここはわたしの弟の寝室なの。散歩に出ているから、食事のときに紹介するわ」そう言って、彼女は隣のドアを指し示した。「あなたのお部屋はこちらよ」

ローズは礼を言い、部屋に入った。テレサには弟がいるんだわ。先ほどのショックと重なり、不安がつのる。でも、セビーリャにはごまんと人が住んでいる。あの人だという確率はゼロに近い。

弟がいるなんて、誰も言っていなかった……。一週間前、アンとジェイミは空港へ迎えに来て、ローズをロンドン北部のアパートメントまで送ってくれた。婚約したと聞かされたのは、そのときだった。週末の婚約パーティに出席してほしいと若い二人は言い残し、翌日にはヨークシャーへ発《た》ってしまった。

ローズは居心地のよさそうな部屋を見まわした。ベッドにもぐって眠りたい。だが、テレサは七時には出かけると言っていた。ローズは旅行かばんを開け、チェストの最上段の引き出しに下着を入れ、残りの衣類をワードローブにかけた。チェストもワードローブも美しい松材でできた年代物だ。ローズはもう一度部屋を見まわした。本当に美しい。壁紙もカーテンもキルトのベッドカバーも、すべて小枝模様で統一してある。寝室の端にドアがあり、中はこぢんまりとしたシャワールームになっていた。洗面所とトイレもついている。

ローズは服を脱ぎ、シャワーの下に立って栓をひねった。すぐに湯がほとばしり、彼女は安堵《あんど》のため息をついた。ローズが帰国すると、姪《めい》のアンは待ちかねたように婚約の報告をした。まだ二十一歳なのに、とローズは思ったが、気がとがめてもいた。間接的とはいえ、若い二人を結びつける手助けをしてしまったからだ。外国に行っていたこの三年間、彼女はロンドンのアパートメントを三人の学生に貸し、アンには無料で住まわせていた。姪以外の二人のうちのひとりがジェイミだった。つまり、アンとジェイミともうひとりの学生は、寝室が三つあるローズのアパートメントで一緒に暮らしていたのだ。ジェイミとアンはお互いが同郷だと知って以来、急速に親しくなっていった。

大丈夫、別に問題ないわ。ローズは湯に打たれながら、緊張をほぐしていった。

二十分後、一階へ下りると、居間の半開きのドアから話し声が聞こえてきた。ローズは息を大きく吸いこみ、ドアを開けた。

「やっぱり君が最後だったな、ロザリン！　でも、いつ見てもきれいだ」暖炉のそばに立っていたアレックスがほほ笑んだ。

ローズが叔父に近づこうとしたとき、テレサが言った。「弟にはまだ会ったことがないでしょう、ロザリン。ハビエルを紹介するわ」

その名を聞いて、ローズは凍りついた。まさか！

ローズは汗で湿ったてのひらをほっそりした腰に滑らせ、おもむろにテレサのほうを振り返った。彼はテレサの横に立っていた。残酷すぎる。ローズは運命を呪《のろ》いたかったが、どうしようもなかった。

「弟のハビエル・バルデスピノ。こちらがアンの従姉、ドクター・ロザリン・メイよ」

ローズには紹介など必要なかった。

ハビエル・バルデスピノは彼女を見下ろした。サンルームから差しこむ夕日を背に受け、浅黒い顔が陰になっている。彼は社交的な仮面をつけ、一歩前に進み出た。

「お会いできて光栄だ、ドクター――」太い声が一瞬とぎれた。「ロザリン・メイ」

彼は手を差しだし、ローズの手を握った。ローズはショックのあまり目を見開き、彼の長い指の力強さをぼんやりと感じていた。しかし、焦げ茶色の瞳は笑みをたたえ、彼女が誰なのかまったく気づいていないようだ。

「はじめまして」ローズは礼儀正しく挨拶《あいさつ》したが、心臓は早鐘を打っていた。十年ぶりの予期せぬ再会に対処するには、ありったけの自制心をかき集めなければならなかった。背の高いがっしりした体からは、昔と変わらぬ男性的なオーラがにじみ出ている。初めて出会ったときにローズが屈してしまったオーラだ。今どうにか社交的にふるまえるのは、長年にわたって培ってきた感情を抑える訓練のたまものだった。

「〝はじめまして〟はおかしいんじゃないか？」

ローズが反応する間もなく、ハビエルは身をかがめ、彼女の手の甲に唇を押しつけた。ほかの男性が同じことをしたら、ぶしつけと思われるだろう。だが、彼の場合は不思議と、ごく自然なしぐさに感じられてしまう。全身に電流が走り、ローズはさっと手を引っこめた。

「僕も君の叔父さんに同感だ。確かに君はきれいだ」ハビエルはローズのつややかな髪から顔、緑色のシルクのドレス、長い脚へと視線を移してから、再び彼女の顔を見つめた。

ローズは頬が赤くなるのを感じた。頭にも血がのぼっていく。豊かなまつげに縁取られた目で、ハビエルと同じように相手を眺めた。筋骨たくましく、贅肉《ぜいにく》のかけらもない体に、最高級の黒いタキシードをまとい、白いシルクのドレスシャツには黒の蝶《ちょう》ネクタイをつけている。まさにビジネス界の大物そのものという感じだ。彼は趣味でF1のレーシングチームを所有しており、結婚しているにもかかわらず、女性とのうわさは引きも切らなかった。

「ありがとう」ローズは平静を取り戻し、落ち着いて言った。もう二度と会いたくない、と思いながら。

だがそのとき、彼女はハビエルの顔が昔とは様相が違うのに気づいた。耳から顎にかけて、鎌《かま》の形に深い傷ができている。職業柄、ローズは興味をいだいた。皮膚の移植手術を受けたらしい。やけどだろうか。傷の周辺から喉にかけて、皮膚の色が周囲より薄くなっている。

「今夜は僕がお相手することになるだろうね、ロザリン。ロザリンと呼んでいいかな？」黒い眉の片方が上がる。「それとも、別の呼び方がいいかい？」

「叔父たち以外は、みんなローズって呼んでいるけれど。どちらでもかまわないわ」彼女は用心深く答えながら、意志の強そうな顔を見つめた。わたしのことを気づいているのかしら？　わからない。彼と会ったとき、ローズはまだ十代だった。今よりもはるかにやせていて、まっすぐなショートヘアはもっと色が濃かった。アフリカの強烈な日差しを三年間浴びたせいで、髪が色あせてしまったのだ。ハビエルは当時二十九歳、すでに大人の男性という感じだった。あれから十年もたっているのに、傷以外は何も変わらず、魅力はいささかも失われていなかった。

「よかったらロザリンと呼びたい。とても女性的な名前で、君にぴったりだ」ハビエルの声はかすれていた。

わたしが誰だか気づいていないようね。当然かもしれない。何人もの女性とつき合っていた彼にとって、わたしは一夜限りの相手だったのだろう。

ローズは短い間だったが、モデルをしていた時期があった。ハビエルはわたしのことを忘れないだろう、モデル名も覚えているに違いない、と自負していた彼女は、裏切られたような思いがした。

「好きに呼んでいいわ」ローズは彼の真剣なまなざしを意識しつつも、さりげなく言った。ハビエルの視線は彼女の体の上を徘徊《はいかい》している。まるで透視されているような感じがしたが、彼が関心をいだいたのは記憶を呼び覚まされたからではなく、ちょっと魅力的な女性に会ったからだ、とローズは確信した。

「ハビエル叔父さん、彼女を独占しないでくれよ。もうすぐ僕の義理の従姉になる人なんだから」ジェイミが現れ、ドン・ペリニョンを満たした細長いクリスタルグラスをローズに差しだした。「シャンパンはどう、ローズ？」

ハビエルとの会話を打ち切ることができ、ローズは喜んでグラスを受け取った。

「乾杯」ジェイミは満面に笑みをたたえて自分のグラスを上げ、部屋を見渡した。「アンと僕のために。誰も乾杯してくれそうにないからね」

祝いの言葉と笑い声があがるなか、ローズはすかさずジーンのところに移動した。だが、刺すような視線が背中にまつわりついてくる気がする。以前会ったことがある、とハビエルに言ってもよかった。旧友のようにふるまうこともできた。しかし、彼は友人などではない。ベッドを共にした男性だった。

過去の記憶に、ローズは顔をしかめた。熱い針で心臓を突かれたような痛みを覚え、思わずハビエルを見やった。ゆるくカールした黒髪は昔より長く、耳のあたりに銀色の髪がまじっている。目もとには細かいしわがあり、罪作りなほどセクシーな口の両側の筋も深くなっていた。それでも、これほど魅力的な男性は見たことがない……。

そのとき、義兄と話していたハビエルが鋭い視線を彼女に向け、歩み寄ってくる。ローズは体が思うように動かず、目をそらすことさえできなかった。

だが、彼が話しかけたのはローズではなく、隣にいた叔母と叔父だった。

「アレックス、ジーン、ハイヤーが来たそうだから、そろそろ出ましょうか」それからハビエルはローズに目を向けた。「この四人で一台だ。いいかな、ロザリン?」

「もちろんよ」ほかに答えようがなかった。

「本当に?」ハビエルは念を押した。「君は僕から逃げそびれたみたいだけど。気のせいかな」ばかにしたように言いながら、まだ目をそらさない。

ローズは怒りに頬を染めたが、とげとげしい言葉をのみこみ、ゆっくりと立ちあがった。「気のせいよ。行きましょうか? おなかがすいたわ」

彼はまたローズの美しい体に視線を走らせた。それも今度は露骨に。それから古典的な卵形の顔を見つめ、大きな手を彼女の肘にあてがった。「わかるよ。僕など飢えがつのる一方だ」

ローズは用心深く、彼を見やった。わざと挑発しているのね。パーティの間じゅうハビエルの相手をするだけでもおぞましいのに、この週末はずっと一緒かもしれない。ローズはうめき声をもらしそうになった。叔母と叔父の家に一、二週間泊まる予定で、月曜日の朝、彼らとここを発つことになっているのだ。車に置いたままのもうひとつのスーツケースには、前から読もうと思っていた本がぎっしり詰まっている。

「スペインにはいつ戻るの？」リムジンへ向かいながら、ローズは考えもなしにきいた。むきだしの腕を包むハビエルの手のぬくもりに、はるか昔にいだいた感情がよみがえってくる。

「男にとってはきつい質問だね、ロザリン。会ったばかりなのに、もう僕が帰るのを心待ちにしているようだ」ハビエルはあざけりの表情を浮かべた。

「誤解よ」ローズはそっけなく否定した。

「失礼。イギリス流の社交術というものをわきまえていないものでね」ハビエルは身をかがめ、ローズの耳もとでささやいた。「君なら教えてくれるだろう」言うなり彼女から手を離し、先にジーンとアレックスを車に乗せた。

パーティ会場のホテルまでわずか十分で着き、ローズは救われる思いがした。腹立たしく思いながら、彼女は隣に座った男性を横目で見た。彼は叔母と叔父に気さくに話しかけている。対照的に、ローズは緊張しきって、ハビエルから身を遠ざけようとしていた。にもかかわらず、ヨークシャーの道は狭くて曲がりくねり、運転手がハンドルを切るたびに彼の肩や太腿に触れてしまう。しかし、ハビエルはそんな接触をなんとも思っていないようだった。

「ロザリンはスペインへ行ったことがあるのよ」

不意にジーンの声がローズの耳に飛びこんできて、ローズは即座に口をはさんだ。「休暇でね」モデルだった話をされたら、傲慢《ごうまん》な悪魔は記憶をよみがえらせてしまうかもしれない。

「へえ。どこへ行ったの、ロザリン？」

ハビエルはあくまでも礼儀正しい。過剰反応しないよう、ローズは自分に言い聞かせた。

「バルセロナよ。すばらしい街ね」

「そうだな。バルセロナには毎年Ｆ１グランプリで行っていたけど、ここ数年はご無沙汰している」

ローズは真意を確かめるようにハビエルを見やった。彼の物腰はあくまで丁重だが、度が過ぎるような気もする。何かを隠しているのでは？　でも、彼と心理戦を繰り広げたくはない。

「レースに出ていたのか？」アレックスが割って入った。

「いや、趣味でチームを後援していたけれど、今は忙しくてやっていない。でも車は好きだから、けっこうコレクションがあるんだ」

「ロザリンの車を見たかね？　美しい車だぞ」

「私道に止めてあったジャガーのクラシックカーだね」ハビエルはローズを振り返った。「レディが運転するには、スピードが出すぎやしないか」

「女性蔑視《べっし》の発言じゃないかしら」ローズは男尊女卑の考え方が大嫌いだった。

「まさか君は、男性の役割はひとつしかないと盲信しているフェミニストではないだろうね？」

「もしそうだとしたら？」

「美しい女性は男性に守られ、甘やかされ、尊敬され、愛されるべきだ、というのが僕の持論でね。女性は子どもを産むために作られたのだから。見た目は天使なのに、鋼のような心の持ち主がいたとしたら、もったいないことだ」ハビエルはさりげなくローズの後れ毛をつまみ、耳にかけた。

ほっといてよ！　ローズは瞳に怒りをたぎらせた。わざとわたしを怒らせ、すました顔の裏で楽しんでいるのね。「感情のかけらもない男性よりましよ。そんな男性に会ったことがあるわ」頬に触れた長い指の感触に動揺する自分にも腹が立った。

「ジョークということにしておこう」ハビエルはそっけなく言った。「君のかっとしやすい側面を知るのも興味深い」

2

ローズは顔をぐいと上げ、ハビエルをにらみつけた。「わたしはアフリカの紛争地帯に赴任して以来、男尊女卑の社会で傷ついた若い女の子たちの回復に力を尽くしてきたわ。あなたもそういう場所に行ったら、興味深いだなんて言っていられなくなるはずよ。習わしだからと割礼を受けたあげく、失敗して悲惨な目に遭っている女の子が大勢いるの。妊娠するまでレイプを繰り返され、その相手と結婚させられた少女は十四歳で出産し、命を落としたわ。もちろん法律に抵触するけれど、男性主体の社会だからといって、法も現実から目をそむけてしまっている。あなたみたいな考え方にはうんざりよ」

ハビエルは口をゆがめ、静かに言った。「君を怒らせるつもりはなかった。心から謝る」

アレックスが口をはさんだ。「気にするな、ハビエル。姪《めい》はすぐにかっとなるんだ。話題がまずかったが、ロザリンだってじきに忘れるさ」

「叔父さん、勝手に話を進めないでほしいわ」不正は許せない。特に子どもに対しては。十九歳になったばかりのわたしに対するハビエルの仕打ちは、今なお忘れない。過去は捨てたと思っていたのに、ハビエルとの再会で、苦い記憶がよみがえってしまった。しかも、ハビエルはわたしが誰なのかも気づいていない！

ホテルのパーティ会場では、長方形のテーブルの端にテレサが座り、その向かいに夫のデイビッドが座った。ジーンとアレックスが並んで着席するのを見て、ローズは急いでその隣の席を選んだ。ハビエルの隣など、とんでもない。前に置いてある麻のナプキンを取り、膝の上に広げた彼女はほっとして顔を上げた。そのとたん、ローズは仰天した。真正面の席に天敵がいた。彼の隣はアンで、その隣はジェイミだ。

いやおうなくハビエルと目が合う。彼の瞳の奥で不気味な光が一瞬きらめいたように見え、ローズは慌ててメニューに視線を落とした。だが、料理を選ぶどころではなかった。どうしてアンはよりによって彼の甥《おい》と出会ってしまったの？　それに、なぜハビエルはひとりで来ているのかしら？　結婚しているのに。奥さんは？　子どもは？

ローズは叔父を横目で見た。十七歳のときに両親を飛行機事故で失ってからは、叔父一家だけが家族だった。アンがジェイミと結婚したら……。ハビエルが親族の一員になると思うとたまらない。結婚式、誕生日、洗礼式など、行事のたびに、傲慢《ごうまん》なハビエル・バルデスピノと顔を合わせることになる。彼はわたしの正体にいつか気づくだろう。無神経でずるく、いばりくさった男！　情け深いローズが、ここまで人を嫌うというのは珍しかった。

「何を食べるか決まったかな、ロザリン？」

太い声に、物思いにふけっていたローズは我に返った。

「それとも、僕が決めてあげようか？」

わざと挑発しているのは承知しつつも、厚かましい申し出にローズはますます神経をとがらせ、荒削りだがハンサムな顔を嵐《あらし》のような険しい瞳で見すえた。傷跡はほかの男性なら醜く見えるだろうに、ハビエルの場合はなぜか魅力的に感じられる。

ローズはメニューをテーブルに置いた。「けっこうよ。海老《えび》のサラダとメロンに決めたから」

「スタイルを気にしているのかい？」黒い眉が問いかけるように上がる。「そんな必要はないじゃないか。君のプロポーションはすばらしい。今まで大勢の男性に言われてきたと思うけれど」

ハビエルは瞳を輝かせてわたしを見ている。なのに不快感はない。どうしてかしら？　昔の魅力は全然色あせていないのね。たいした人だわ。

「お世辞が上手ね、セニョール・バルデスピノ」

「ハビエルと呼んでくれ。それに、これはお世辞じゃない。君はどこから見ても美しい」彼はわざと言葉を切り、ドレスの襟もとからのぞく胸の曲線を見つめて、やおら視線を顔に戻した。「完璧《かんぺき》だよ。やせようなどと考えるのは愚の骨頂だ」

ハビエルは昔からダイエットを嫌っていた。一夜を共にしたときも、同じことを言っていた。ローズは日焼けした顔を注意深く見つめた。だが、彼の表情からは何も読み取れない。「ただサラダを食べてみたかっただけよ。あなたはステーキにするんでしょう？」ローズはあざけるようにつけ加えた。「あら、失礼だったかしら。あなたはどこから見ても雄牛なのを忘れていたわ」

「ロザリン、なんてことを言うの」ジーンがたしなめた。

ローズはハビエルとのやり取りに気を取られ、ほかの人たちが耳をそばだてているのに気づかなかった。アンもジェイミも笑っている。

「なんなの？」ローズは一同を見まわし、肩をすくめた。「ハビエルはスペイン人だと言っただけよ。スペインでは闘牛が盛んだから、雄牛の肉をたくさん食べているでしょう？」必死に無邪気さを装った彼女は、叔父と叔母の表情を見て胸を撫《な》で下ろした。しかし、ひとりハビエルは官能的な唇をゆがめ、こわばった笑みを浮かべている。侮辱されたとわかっているのだ。

「会ったばかりなのに、君は僕の心が読めるんだね。驚いたよ、ロザリン」

彼の声にかすかに皮肉がこもっているのを、ローズは聞き逃さなかった。

「まずはスモークサーモンにしよう。それからステーキだ。イギリスの雌牛も、味はスペインの雄牛に劣らないだろう。ヨーロッパ諸国はイギリス産の牛を輸入禁止にしたが、僕は全然気にしていない」

折よくウエイターが注文を取りに来て、ローズはハビエルに返事をしなくてすんだ。

シャンパンが運ばれ、デイビッドが幸せなカップルに乾杯をし、みんながならった。ローズは食事に専念し、話しかけられたときのみしゃべろうと決めた。しかしそれは容易なことではなかった。

シャンパンを飲みすぎたジェイミはひどく陽気になり、ひとりひとりに乾杯を求めてきた。「あなたがロンドンのアパートメントを貸してくれなかったら、アンには出会えなかった」

「後悔しないでね」ローズはいたずらっぽくほほ笑んだ。「アンを扱うのは大変よ。十歳のとき、アレックス叔父さんが飼っているろばに乗って狩りについていくと言い張ってね。結局わたしもつき合わされたわ」

「ぜひ見てみたかったな」ハビエルは空の皿を脇《わき》にやり、身を乗りだすようにしてローズと目を合わせた。「乗馬は好きかな、ロザリン?」

ローズは大胆にハビエルの視線を受け止めた。彼の瞳にきらめく金色の光は、原始的な何かを感じさせる。微笑の裏には、恐ろしいほどの傲慢さがひそんでいるに違いない。この男性は欲しいと思う女性を難なく手に入れているのだろう。

「叔父の家ではよく乗っていたわ」ローズはハビエルの問いにあっさり答えた。「カラハリ砂漠ではらくだに乗ったけれど、あなたみたいな洗練された人には、あまりおもしろくないかも」

「君と一緒なら楽しめるだろうな」ハビエルは誘惑するように声を落とした。「美しい女性がいると、やる気が出る」

ローズは怪訝《けげん》そうにハビエルを見つめた。変ね。お世辞を並べていても、どこかよそよそしい。でも、こんな人を分析したところでなんになるというの。彼とはいっさいかかわりたくないわ。

「時間の無駄よ、セニョール・バルデスピノ」

「そんなことないさ。夜はまだこれからだ」ハビエルは椅子の背にもたれ、ウエイターにシャンパンを注文し、視線をローズに戻した。「シャンパンをあと何本か空けたら何が起こるか。神のみぞ知る、だ。ロザリン、ダーリン」

彼の言葉はみんなに大いに受け、ハビエルはみごとな白い歯を見せてにやりとした。彼の目が笑っていないのに気づいたのは、ローズだけだった。

「奥さんが聞いたらどう思うかしら」ローズは切り返した。

「なぜ僕に妻がいると思った？」ハビエルはグラスを傾け、上目遣いでローズを見た。

突然、場が静かになり、ローズは慌てた。彼を知っている、と告白したも同然ではないか。

「その年格好なら……結婚して、お子さんが三、四人いてもおかしくないわ」

「すばらしい洞察力だ。僕たちは前に会ったことがある、と思う人がいても不思議じゃない」

ローズは身をこわばらせた。わたしだと気づいたのね！

だが、ハビエルは無表情のまま、抑揚のない声で続けた。「結婚はしていた。子どもはいなかったがね。妻は二年前に亡くなったよ」

「まあ……お気の毒に」ローズは顔を真っ赤にして口ごもった。穴があったら入りたい。彼を嫌悪するあまり、なんという失礼をしてしまったのだろう。

ローズが身の縮む思いでいると、アンが勢いよく立ちあがった。

「化粧室に行かせてもらうわ。一緒に来てくれない、ローズ」アンは大きな声で言った。

ローズはこれ幸いと席を立ち、テーブルをまわって従妹《いとこ》と会場をあとにした。

アンはローズの腕を引っ張って優雅なロビーを抜けて化粧室に入った。「何を考えているの？　婚約したばかりなのに、破談にするつもり？」

「何を言っているのよ」鏡張りの壁を見まわしていたローズは、従妹の張りつめた表情にようやく気づいた。

「ハビエルは家長と言っていいくらいなのよ。彼のお父さん――ドン・パブロ・オルテガ・バルデスピノは隠居して、体の具合もかなり悪いの。だから、もしハビエルが結婚に反対したら……。ジェイミがわたしを愛しているのは確かよ。でも、彼のお小遣いも、大学の授業料も、ハビエルが出しているの。大学はまだあと一年残っているわ。なのに、あなたときたらハビエルを侮辱してばかりいて。どうしたの？　彼は魅力的で礼儀正しいわ。ちょっと年をとっているけれど、顔も悪くないもの。あの傷がいやなの？」アンは茶色の瞳で従姉《いとこ》を見すえた。「医者のくせに！」

「違うわ」ローズはきっぱりと否定した。アンにそんなふうに思われること自体が残念だった。「でも、あなたたちにとって、叔父さんの意見がそれほど重大だとは知らなかったのよ。デイビッドとテレサだってけっこう裕福でしょう？　農場も広いし、厩舎《きゅうしゃ》だっていくつもあるし。あなたはハビエルの意向を気にしすぎているんじゃない？」

アンは顔をしかめた。「あなたは三年間も外国にいたから、こちらで何が起きているのかわかっていないのよ。ここ数年、仕事をやめた牧場主は大勢いるわ。狂牛病で、ヨーロッパ諸国がイギリスの牛肉の輸入を禁止したから。かろうじて採算が合うのは厩舎だけだってジェイミは言っているわ。叔父さんの援助がなかったら、農場はとっくにつぶれていたのよ。だからお願い、ハビエルの神経を逆撫でするようなことはしないで。でないと、何もかもぶち壊しになってしまうわ。ジェイミが獣医として独立する資金だって、叔父さんの懐を当てにしているんだから」

「知らなかったわ」ローズは眉を寄せてため息をついた。ローズにまつわりついていた少女は、いつの間にか自分が求めるものを心得た大人の女性へと変《へん》貌《ぼう》していた。「外国暮らしが長すぎて、マナーを忘れてしまったみたいね。これからはハビエル・バルデスピノの機嫌を損なわないようにうまくやるわ。約束する」ローズは鏡に映った自分の姿を見やり、額にかかった後れ毛を撫でつけてから背筋を伸ばした。

「そう、その感じよ。スーパーモデルが帰ってきたわ」アンは鏡の中のすらりとした優雅な女性を見ながらほほ笑んだ。

「モデルだったことはハビエルに言わないで」ローズはとっさに頼んだ。

「どうして？　彼はきっとあなたの言いなりになるわ。あなたを気に入っているもの」

「とにかく、モデルの話は内緒にしてちょうだい」

「わかったわ。でも、本当に気をつけてね。もうあんなきついこと言っちゃだめよ」アンはくすりと笑った。「それに、あなたみたいな仕事ひと筋の人でも、彼はすてきだと思うでしょう。冷たい感じだけれど、お金持ちだし、洗練されてるし、おまけに独身よ。ほかに何が必要かしら？」

冷たい感じというのは言いすぎだろうが、アンの言いたいことはよくわかる。ハビエルは以前から人と少し距離を置くところがあった。二人きりになると違うけれど。

ローズはアンに腕をからませて会場へと戻る途中、従妹に尋ねた。「ねえ、アン、お金目当てというのがあるんじゃない？　それさえなければ、あなたの性格はすばらしいのに」

「そんなことないわ。わたしはジェイミを心から愛している。考え方が現実的なだけよ」

ローズは返事のしようがなかった。

ようやく戻ってきた二人を見て、ジェイミが言った。「迷子になったのかと心配したよ」

「君は若いな、ジェイミ。大人ならちゃんとわかるものさ」ハビエルは言い、アレックス、デイビッドと視線を交わした。「レディは決まって二人で化粧室に行き、うわさ話に花を咲かせる。その間、我々哀れな男どもは何時間も待ちぼうけだ」

みんなはどっと笑い、その後、会話は当たりさわりのないものになった。

ローズは料理をろくに味わいもせず口に運んだ。絶対にハビエルを見るものかと思いながらも、なぜか目が彼の顔に吸い寄せられてしまう。ハビエルは実に話し上手で、株式からデイビッドの競走馬まで、話題は多岐にわたった。デザートが運ばれてきたころ、来週末にヨークで行われる競馬が話題にのぼり、それから旅の話になった。

「ジーンから聞いたけど、君は三年間外国へ行っていたそうだね」この一時間あまりでハビエルがローズに面と向かって話しかけたのはこれが初めてだった。「何かおもしろい体験をしたかい？」

ローズはアンとの約束を思い出し、なんとか笑みを浮かべた。「少しはね。でも、ずっと仕事に追われていたわ。アフリカ全土、特に田舎は医者の数が不足しているの。ここなら、電話をすれば救急車が来てくれるでしょう。わたしたちは便利な生活に慣れきっているから、ほかの恵まれない国々に住む人たちの不幸を忘れてしまうのよ」

日ごろの思いをとうとうと述べるローズの紅潮した顔をハビエルが食い入るように見つめていたことに、彼女はまったく気づいていなかった。

ジーンが口をはさんだ。「ロザリン、そんな話を今しなくてはいけないの？」

「でも、わたしたちみんなにとって、これは恥ずかしいことよ」ローズは緑色の瞳を光らせて叔母を見た。「世界にはまだ、病気の子どもを抱いて、診療所まで何日もかけて歩く母親がたくさんいるわ」

「今夜はよしなさい。上司にも言われているでしょう、三カ月はゆっくり休むようにって」

「意見を言うくらい、大目に見てほしいわ」言ってから斜め前に座るアンの険しい表情に気づいて、ローズは口をつぐんだ。

「長い休暇をもらったんだね。知らなかったよ」会話の空白を埋めたのはハビエルだった。

「知っているはずがないわ、さっき会ったばかりなのに」ローズは彼と視線を合わせ、息をのんだ。じっとこちらを見つめる彼の瞳に、暗く危険な色が一瞬よぎったのだ。

ローズの脳裏に、ブロンズ色のたくましい体が突然よみがえった。黒いサテンのシーツの上に、ハビエルは全裸で大の字に寝そべっている。ローズは胃が締めつけられるのを感じ、そんな自分に驚いた。男性との交わりは二年前にも試みたが、人が言うほどすばらしくなかった。それからは性的な欲求を感じたことはなかったのに、今になってなぜ？　奥さんが亡くなったと聞いて、ハビエル・バルデスピノにいだいていた怒りがやわらいだせいかもしれない。

ローズは急に彼を男性として意識し始めていた。視線を彼の瞳から角張った顎、傷跡、のみで削ったような口もとへと下ろしていく。ローズは無意識に下唇に舌を這《は》わせた。十年たっていても、彼の味をまだ忘れられないのかしら。彼女は一瞬目を閉じ、過去の呪縛《じゅばく》から解き放たれようとした。ハビエルはまだ話を続けていた。

「明日、アンとジェイミと一緒に来てくれ」

ローズはわけがわからず、目の前の男性に用心深く視線を注いだ。なんの話だろう？　ジェイミとアンと一緒にどこへ行くというの？

「よかった」アンが会話に加わった。「男の人たちばかりで、買い物につき合ってくれる人がいないのはいやだなって思っていたの」

「ぜひ来てくれよ、ローズ。買い物につき合わされるのは気が進まないから」ジェイミが笑いながら同意した。

「そうよ、あなた自身にとっても行ったほうがいいわ」ジーンまでが口を添える。

いったい、なんの話？　ローズはみんなを見まわした。誰もがにこにこしてこちらを見ている。ハロゲットかリーズへ買い物に行くのかしら？　うれしそうなアンの顔を見て、ローズは言った。「わかったわ。それで、どこへ行くの？」

「スペインの僕の家だよ」ハビエルは事もなげに言い、立ちあがった。「話がついたところで、ラウンジに行ってコーヒーにしよう。若いカップルはクラブで友だちと騒ぎたいだろうからね」

「ちょっと待って！　スペインには行けないわ」ローズは勢いよく席を立った。「リーズで買い物でもするんだと思っていたのよ」

ラウンジへ移ろうとしていた七人は足を止め、ローズを見つめた。どの顔にも楽しげな表情が宿っている。

「行けるわよ」ジーンが言った。「うちでアレックスやわたしといるより、ずっと楽しいはずよ。パスポートはあるんでしょう？」

「あるけど、でも……」

「じゃあ、問題ないわ」

ローズは素早くハビエルを見やったが、彼は愉快そうに眺めているだけだ。彼女は年下のジェイミに訴えた。「おじいさまは病気なのよ、ジェイミ。わたしたちが行ったら迷惑よ」

「まさにその反対ね」テレサが断言した。「父は頭が古くて、昔ながらの考え方しかできないの。だから、結婚前にアンがお目付役なしにジェイミと一緒に泊まるのは、快く思わないはずよ」

「お目付役ですって！　冗談でしょう」テレサのお父さんはまだ中世の暗黒時代に生きているの？　だけど、誰も笑っていない……。

「姉の言うとおりだ」ハビエルは穏やかな口調で言った。「結婚前の若い女性には、親戚《しんせき》の年上の女性が目付役としてつくのがスペインの習わしなんだ。君が一緒に来てくれたら、テレサも僕も感謝する。それに、重病の父も安心するだろう」

アンが隣に来て、ローズの腕に手を置いた。「一緒に来て。まだ結婚もしていないのに、ジェイミのおじいさまを怒らせたくないの」

ローズは未婚のまま年を取った伯母になった気分だった。怒りのまなざしをハビエルに向けたが、彼はすましこんでいる。内心おもしろがっているのね！　アンに視線を戻したローズは、従妹の瞳に不安が宿っているのを認めた。

「わかったわ」降参するしかなかった。でも、ハビエル・バルデスピノと同じ屋根の下で暮らすなんて、耐えられそうにない。

「よかった。じゃあ、あとで一階でね」アンはローズを抱きしめた。「あなたと一緒なら、楽しくなるわ」従妹はウインクをして立ち去った。

「ラウンジまでエスコートさせてもらおう」ハビエルはローズの背中のくぼみに手をあてがった。「もうろうとしているね。シャンパンを飲みすぎたのかい？」

笑っているのね。傲慢な悪魔は、わたしがスペインに行きたくないのを知っている。どうしてこんな展開になってしまったの？

「あんな言い方をされたら断れないでしょう」ローズは冷ややかに答えた。だが、背中にあてがわれた大きな手のぬくもりをどうしても意識してしまう。自分を抑制するには、意志の力を振りしぼらなければならなかった。スペイン行きは断るべきだったのに。ローズは神経をぴりぴりさせて、ラウンジへと向かった。

低いコーヒーテーブルのまわりには、ソファが三つ置かれていた。ハビエルの手が離れ、ローズはほっとした。彼女はアレックスの隣を選び、ヒップに手を這わせて腰を下ろした。てのひらにかすかに汗をかいている。

ハビエルは向かいのソファに姉と並んで座り、ジーンはデイビッドと同じソファを選んだ。

コーヒーが運ばれ、スペインの家が話題になった。バルデスピノの屋敷がある大農園――アシエンダはセビーリャから数キロの高地にあるが、セビーリャの街にも家があるらしい。

「きっと退屈しないよ」ハビエルはローズの美しい顔を悠然と眺めた。「父は今、街中の家にいる。病院に近いんでね。アンと二人で市内観光もできると思う。医者の許可が下りたら、みんなでアシエンダに戻ろう」

「すばらしいわ」ローズはにこやかに言いながら、皮肉っぽい口調にならないよう努めた。何がすばらしいのよ。一週間も彼と一緒に過ごすなんて、せっかくの休暇が台なしだわ！　おまけに、ハビエルはわたしの気持ちを見抜いている。

それから三十分、ローズはハビエルの巧みな演技に見入った。洗練されたやり手のビジネスマンは、みごとに会話の舵《かじ》取りをしている。ローズだけでなく、ジーンやテレサにも同様の気配りを見せた。しかし、自信ありげな表情の奥に、下心めいたものが感じられる。瞳からは何も読み取れないが。

わたしの思い過ごしかしら。昔の怒りにとらわれているだけなのかもしれない。

車が待っている、とベルボーイが伝えに来たので、ローズは立ちあがった。

ハビエルはテレサとスペイン語で話しこんでいる。そのすきにローズはジーンに歩み寄り、ささやいた。

「無事に終わったわ」

「まさにね」

太くハスキーな声が背後で聞こえた。振り返ったローズのすぐ目の前にハビエルが立っていた。彼女は本能的に身を守ろうと、彼の胸に手を置いた。ぬくもりが伝わってくる。上質のシルクのシャツを通して、彼の胸の鼓動も感じられる。ローズは手を引っこめた。真っ赤な石炭に触れたように指が熱くなっている。

「こっそり人に忍び寄るものじゃないわ」

「忍び寄る、か」ハビエルの瞳にあざけりの色が浮かんだ。「そんな言い方をされたのは初めてだ。君の上司の言うとおり、君は神経質になりすぎだ。気分転換をしないとね」

「そうよ」ジーンがうなずいた。「ハビエルと一緒に踊りに行ってらっしゃい、ロザリン。髪も下ろして。アンとジェイミの監督もお願いね」

十分後、ローズは地下の騒々しいクラブの入口に立っていた。ストロボの光がまぶしい。力強い手で背中をそっと押された。

「いつまでもここに立っているのはまずいんじゃないかな」

ローズが見あげると、ハビエルの黒い瞳には冷たいからかいの光が宿っていた。「えっ、何？　聞こえないわ」

ハビエルはいきなり彼女を抱き寄せ、耳もとに口を近づけた。「こういう単純な楽しみはもう卒業したみたいだね、ロザリン。でも、一曲踊って、若い二人の様子をちょっと見たら、僕たちの任務は終わりだ。いいね？」

温かい息が耳にかかり、ローズはどきりとして、思わずうなずいてしまった。運の悪いことに、DJはバラードを選曲した。ハビエルは力強い手を彼女の背にあてがい、もう片方の手を細い腰にまわした。腰というよりはヒップに近い。そのうえ、胸が密着している。ハビエルはリズムに合わせてリードしているにすぎないが、ローズの官能を刺激せずにはおかない。

ローズの緊張は極限に達した。恐ろしいまでに男性的な彼のオーラに屈してしまいなさい、と体じゅうの細胞が叫んでいる。今すぐこの場を立ち去りなさい、ハビエル・バルデスピノはとても危険な男性よ、と理性が訴えている。しかし、彼女の胸の内には、クラブで楽しむ年ではないと言われた悔しさが残っていた。

音楽が変わり、ハスキーな声で尋ねるハビエルに、「サルサは踊れる？」

ローズは不覚にもうなずいてしまった。

ほかの男性客よりはるかに年上のハビエルは、場違いな存在とも言える。にもかかわらず、彼にはあらゆる女性を引きつけてやまない魅力が備わっていた。

「いいぞ、叔父さん！」若い男性の声が間近で響いた。いつの間にか、ジェイミとアンが傍らに来ていた。

ローズは若い二人に目を向けたが、視線はすぐハビエルに吸い寄せられてしまった。身をくねらせて踊る彼は実に優雅で、セクシーだった。

意志が強く、超然としているハビエル。熱い官能をかきたてるハビエル。店内の女性全員が彼に流し目を送っているほどだ。ローズは皮肉な思いで、この矛盾だらけの男性を見つめていた。

シャンパンを飲んだせいか、それともたまっていたやり場のない怒りを発散させたいせいか、ローズはハビエルのじらすような挑戦にこらえきれず、ダンスに身を投じてしまった。

音楽がやむと、彼女はがっしりした体に抱き寄せられた。腹部にハビエルの硬いものが当たっている。感じていたのはローズだけではなかったのだ。

ハビエルが身をかがめ、顔を寄せてくる。キスをされる。ローズの唇が誘惑するように開いた。ところが、彼は急に背筋を伸ばし、ローズの肩に両手を置いてあとずさった。

彼女の全身を見つめるハビエルは、冷たく突き放した表情を浮かべていた……。

3

ローズはとまどい、ハビエルを見あげた。ストロボライトのせいで、一瞬、彼の顔が悪魔そのものに見えた。

「ありがとう。ダンスが上手だね」彼はローズの肩に置いていた手を離し、礼儀正しく言った。

「ありがとう」ローズは顔を真っ赤にしてつぶやいた。人の大勢いるダンスフロアで彼がキスをするなどと、なぜ思ってしまったのだろう？　わたしは判断力を失ってしまったのかしら？　ローズは顔をそむけ、一歩あとずさった。「あなたも上手ね」それしか言えなかった。ダンスがうまいのは事実だ。体の動きを見ていると、たまらないほど……。

「おいで。もう義務は果たしたと思う。若い連中はきちんとやっている。冷たいものでも飲もう」ハビエルはローズの腕を取り、一階の比較的静かなカクテルラウンジに向かった。

彼はウエイターにレモネードを二つ注文し、ローズをソファに座らせた。「シャンパンを飲みすぎたあとのダンスだったから、脱水症状を起こしそうだよ」穏やかな声で言い、彼女の隣に腰を下ろした。

ローズは思いきってハビエルの黒い瞳を見つめた。「そうね」体はほてり、固く縛っていた巻毛も乱れている。一方、ハビエルはいたって冷静だ。蝶《ちょう》ネクタイすらゆがんでいない。ローズは苦々しい思いだった。

ウエイターが飲み物を運んでくると、ローズは急いでグラスをつかみ、一気に飲み干した。

ハビエルも同じように飲み干し、ソファの肘掛けにもたれてローズを上目遣いで見つめた。

「ラテン系並みに踊れるイギリス人の医者か！」彼は驚いたように眉を上げ、ほほ笑んだ。「どこでサルサを覚えた？」

他意のない質問に、ローズはチャンスとばかりに飛びついた。気が紛れるかもしれない。この一時間ばかり、彼女は性的なものを意識しすぎていた。超然とした表情を浮かべている以上、ハビエルは何も感じていないに決まっている。

「アフリカよ」なつかしい記憶がよみがえり、ローズは目を輝かせた。

「どんな成り行きで？」ハビエルが促した。

「ドミニクというブエノスアイレスの考古学者が、わたしたちのいたソマリアの病院にかつぎこまれたの。ひとりで旅行していて強盗に襲われ、命からがら逃げてきたんですって。身ぐるみはがされ、頭蓋《ずがい》骨《こつ》にひびが入っていたけれど、なぜかCDだけは大事に持っていたわ。昼も夜もCDをかけていたから、三カ月後に彼が退院するまでに、サルサもタンゴもサンバも覚えたの。彼は歌もとても上手だった」ローズはほほ笑みを浮かべた。パーティはまもなく終わる。レモネードのおかげでほてりもおさまった。

ハビエルは飲み物を注文するとき、ハイヤーも手配していた。少しは打ち解けた態度をとってもかまわないだろう。

ハビエルは瞳を光らせて彼女を見つめていた。カールした長い金褐色の髪は、非の打ちどころのない卵形の顔を縁取っている。緑色のドレスの胸もとがずれて、ふくよかなクリーム色の胸の一部がのぞく。長く形のよい脚を組んであらわになった太腿は、男性の手を待ち望んでいるかのようだ。しかし、ローズ自身はそんな自分の姿にまったく気づいていなかった。

「彼はブエノスアイレスへ戻ったわ。最後にもらった手紙には、アンデス山脈でいけにえにされた人の墓地を探しているって書いてあった」ローズはかすかに瞳を曇らせた。ドミニクは彼女に恋をし、ある晩ついに二人はベッドを共にした。だが、そのせいで二人の友情は壊れてしまったのだ。

「墓地か。そいつにふさわしい場所だな」ハビエルは皮肉を言った。

「どうしてそんなふうに言うの？」ローズは驚いた。

「彼はいい人よ。あなたもきっと気に入るわ」言ったとたん、ローズははっとした。ドミニクもハビエルと似たタイプだった。ハビエルほどの冷酷さは持ち合わせていないけれど。わたしは、ドミニクにハビエルの姿を重ねていたんだわ！　彼はそんなわたしの気持ちを見抜き、潔く去っていったのだ。

ハビエルは短くうなずき、立ちあがった。「ハイヤーが来たようだ」有無を言わせぬ態度で、彼女に手を差しだした。

彼の目を見て、ローズは無言で彼に手をゆだねた。

そんなに強く引っ張らなくてもいいのに。ハイヒールを履いているローズはつんのめりそうになった。それでも、ハビエルはせせら笑うように彼女の顔を一瞥《いちべつ》しただけで、手をつかんだまま外へせきたてた。

「どうして急ぐの？」ローズの背筋にかすかな震えが走った。冷たい夜気のせいなのか、大きな手に握られているせいなのか。

「車に乗って」ハビエルは彼女の手を放し、冷たく言った。「長い一日だった。明日は家に帰れると思うとうれしい。もちろん、君とジェイミとアンと一緒にだ」

最後の言葉はつけ足しのような気がする。ローズは顔をしかめ、車に乗りこんだ。ハビエル・バルデスピノは父親の代理としてヨークシャーに来た。洗練された魅力を振りまいて任務を果たし、一刻も早く帰りたいと言う。心配することもなさそうね。若い二人と一緒に、セビーリャで一週間過ごすのも悪くないかもしれない。十年前に一夜を共にした愚かな少女のことは……大丈夫、ハビエルは思い出したりしない。

家に着くと、ナイトキャップの誘いを断り、ローズはすぐさまベッドに入った。だが、一時間たっても眠れない。今夜は眠れそうにない。彼女はため息をつき、過去の記憶の扉を開いた。

派手な音楽が鳴り響き、張り出し舞台《キャットウオーク》にモデルが登場した。彼女はつんと顎を上げ、薄いシルクをまとった姿で進んでいく。細い肩紐《かたひも》のトップは丈が短く、おへそが見えている。美しい顔は無表情で、褐色の髪は短いストレートのボブだ。大きな緑色の目はアイライナーでしっかり縁取られていた。

ローズは十六歳のとき、バーミンガムでモデルにスカウトされた。身長百七十三センチ、葦《あし》のようにほっそりした彼女は、エージェントにとって理想的な容姿をしていた。

ローズの両親は二人とも医者だった。モデルになるのを許してくれたが、学校が休みの間に限るという条件がつけられた。モデル名はロザリン・メイをもじってメイリンとつけた。将来もし医者を志すなら本名を使わないほうがよい、と父に忠告されたからだ。

観客を見渡すメイリンには、熱烈な拍手など耳に入らなかった。翌週の引っ越しのことで頭がいっぱいだった。前年の一月、両親を乗せた飛行機が墜落した。中央アフリカへ救援活動に向かう途中だった。ローズは二歳のときから面倒を見てくれていた子守《ナニー》のペギーと二人きりになってしまった。ローズは唯一の親戚《しんせき》であるジーンとアレックスと話し合い、学校を卒業するまではロンドンの家にペギーと残ることにした。夏には卒業試験でオールAを取り、ロンドン大学の医学部進学を許可された。しかし彼女は入学を一年延ばし、その間はモデル業に専念して学費を稼ごうと決意した。

その年のクリスマスにペギーから数カ月後に結婚すると告げられ、ローズは自宅を売り、アパートメントを買うことにした。皮肉にも、両親を失った悲しみでさらにやせたことがモデルとしての成功につながっていた。そのため、お金には困らなかった。

翌年の五月、スペインF1グランプリとの共催で、慈善ファッションショーがバルセロナで開かれた。ローズは十九歳の誕生日をヨークシャーの叔母の家で過ごしたいのを我慢し、ショーに参加した。

誕生日当日、モデルのメイリンはキャットウォークを歩いていき、その先端で腰を振って踵《きびす》を返した。裾《すそ》が太腿のあたりで悩ましげに揺れている。シルクの小さなスリップでも、デザイナーブランドならドレスとして通用するのだ。まともな神経の持ち主なら、こんなドレスで人前に出たいとは思わないだろう。でも、明日になれば、わたしだってこんなものとはおさらばよ。ローズは思わず笑みを浮かべた。来週には新しい家に引っ越して長い休暇に入り、九月からはまた学生に戻れるのよ。

ローズは不意にうなじのあたりがぞくっとした。会場の片隅に、背が高く、吸いこまれそうにハンサムな男性が立っているのが見えた。引き締まった口もとに官能的な笑みを浮かべ、黒い瞳でこちらを食い入るように見つめている。

彼にほほ笑みかけた、と誤解されたんだわ！　その男性はきのうのショーにも来ていた。そしてショーのあとで舞台裏に現れ、話しかけてきた。

〝メイリン、とても会いたかったよ。今夜の君は最高に輝いていた〟

知性豊かなメイリンは、若さゆえの傲慢《ごうまん》さも手伝って、モデルが陥りがちな悪習をすべて遠ざけてきた。たばこも吸わず、男性とベッドを共にしたこともない。だが、その見知らぬ男性をひと目見た瞬間、彼女は我を忘れた。血が騒ぎ、頬が深紅に染まった。どうしても彼から目をそらせられない。今まで考えていた愛やモラルは一瞬のうちに消えてなくなった。この男性は危険だ、という本能の警告を、メイリンは無視した。

百八十センチをゆうに超える彼を見あげてほほ笑み、メイリンはかすれ声で言った。〝ありがとう〟

差しだされたたばこを断ると、彼はもっと強いやつを手に入れてやろうと言った。モデルの世界では麻薬がはびこっていたが、メイリンは決して手を出さなかった。麻薬密売人だったのね。メイリンは大いに失望し、彼の頬を平手打ちして立ち去ったのだった。

「なぜほほ笑んだりした？」

楽屋に戻ったとたん、メイリンはスペイン人のデザイナーに嚙《か》みつかれた。

「それに、おまえは少し太ったな」

メイリンは小柄でなよなよした相手を見やり、笑みを浮かべた。モデルたちを意のままに操るには太ったと脅せばいい、とデザイナーは考えている。だが、彼女はもはやどうでもいい気分だった。「ごめんなさいね、セルヒオ。どうしようもなかったの」

「困ったやつだ。たまには言われたとおりにしてくれよ。今日はそのドレスでパーティに出るんだ。スペインに来ている世界じゅうの大物が集まる。レーサーはもちろん、その後援者たちもだ。みんなにそのドレスを披露するんだ」

「そうしなくてはだめ?」メイリンは口をとがらせた。

「稼ぎたいならね」

メイリンは飲みたくもないシャンパンのグラスを通りすがりのウエイターから受け取り、人々の間を縫うように進みながら、名を呼ばれるたびに愛想を振りまいていた。耐えきれなくなった彼女はついに格好の避難場所を見つけた。大きな椰子《やし》の鉢植えの陰に身を隠し、壁にもたれた。そしてあきれるほどヒールの高い靴を片方脱ぎ、ほっとため息をついた。運がよければ、もうすぐホテルに帰れる。メイリンは用心深くあたりを見まわし、グラスの中身を椰子の鉢に捨てた。

「見たぞ。残酷だな、君は。きのう僕の期待を踏みにじった調子で、罪もない植物を痛めつけるのか」

メイリンは驚いた拍子にグラスを鉢に落とした。椰子の陰から例の麻薬密売人が姿を現した。

メイリンは髪の根もとまで真っ赤になった。「そんなつもりじゃ……」鼓動が速くなっていく。彼は思っていたよりもずっとすてきだった。堕落した天使みたい、と彼女は思った。信じられないほどハンサムで、地中海地方特有のオリーブ色の肌をしている。黒い眉は美しい弧を描き、焦げ茶色の瞳には金色の光が宿っている。鼻筋はまっすぐとは言えず、鼻孔がかすかに広がっている。そして、高い頬骨に大きく官能的な口。あまりに魅力的だ。背の高いメイリンよりも、二十センチ以上も高い。明らかにあつらえたとわかる上質のコットンシャツを着ていても、肩幅の広さは際立っている。クリーム色のローウエストのズボンはタック入りだ。カジュアルな服装だが、デザイナー顔負けの着こなしだった。

彼は壁にもたれ、長い脚を足首のところで交差させた。革のローファーは最高級の手縫いだ。「きのう言ったことはジョークだよ、メイリン。事実をはっきりさせたかっただけだ。僕は君が考えているような麻薬密売人じゃない。君が麻薬をやっていないか、確かめたかっただけさ。相手がモデルだと、どうも疑ってしまってね。悪かったよ」

メイリンはその言葉を信じた。よく見れば、麻薬密売人のたぐいとは思えない。「いいの」彼女はそっけなく言った。世間がモデルと麻薬を結びつけたがるのはよくわかっていた。

「僕はまともな仕事をしている。もう一度君と話したかったんだ」彼がほほ笑んだ瞬間、メイリンはそれまで彼にいだいていた不信感を忘れた。

浅黒くハンサムな顔に魅了されていた。ぞくぞくするような興奮を覚え、彼女は完璧《かんぺき》な笑みを浮かべた。「話だけならいいわ」生意気な口ぶりだった。

「そうは言っていない」彼はかすれ声でゆっくりと言った。

メイリンは背筋を伸ばし、脱いでいた靴を履いた。今まで誘いをかけてきたハンサムな男性は数知れない。この人は違うと思っていたのに。「相手が悪かったようね」

「いや、違うんだ」彼は立ち去ろうとする彼女の腕を取った。「今夜はまだ食事をしていないから、一緒にディナーをどうかと思ってね」

「あなたの名前さえ知らないのよ」メイリンは食事の招待に心を揺さぶられた。むきだしの腕をつかまれ、ぞくぞくするほどの興奮が全身を駆けめぐる。生まれて初めての体験だった。気迫のこもった瞳でじっと見つめられ、モデルの仮面の下に隠している少女の部分まで見透かされた気がする。メイリンは彼を信じたいと思った。

「まさか。僕のことは当然……」彼は皮肉めいた視線を彼女の顔に注いだ。幼い無邪気な表情を見て、気が変わったらしい。「自己紹介させてもらおう。ハビエル・バルデスピノ、二十九歳、独身だ。スペイン人、より正確に言えばセビーリャ人で、今はレースがあるからバルセロナに住んでいる」

かすかになまりのある太い声は、妙《たえ》なる調べのごとくメイリンを優しく包みこんだ。彼女は警戒心をかなぐり捨て、ディナーの招待を受けようと決めた。今日はわたしの誕生日……。

メイリンは手を差しだした。「メイリン、十九歳、独身よ。イギリス人で、ファッションショーのためにバルセロナに来ているの」彼の言い方をまねしてほほ笑んだ口もとから、真珠色の歯がのぞく。

「一緒に食事をするってことかな?」彼はメイリンの小さな手を大きな手で包み、もう一方の手を彼女の腰にまわした。

メイリンは電流が爪先に向かって流れるのを感じたが、彼の瞳が笑っているのを見て安心した。「そうよ」

「今後は鉢植えの椰子を見るたびに君を思い出してしまうな」ハビエルは彼女を会場の外へと促した。

「もっとすてきなお世辞を言われたことがあるわ」メイリンは彼を見あげ、くすっと笑った。

「でも、これほど気持ちのこもったお世辞は初めてだろう」ハビエルは真顔で言った。二人の目が合う。

無邪気な緑色の瞳と、世慣れした焦げ茶色の瞳。世界は一瞬停止し、人もざわめきも二人のまわりから消え失《う》せた。

「メイリン」ハビエルはささやき、彼女の頬から顎へと長い指を滑らせた。「すてきな女の子にぴったりの名前だ」

胃が締めつけられ、熱いものが下腹部へと流れていく。メイリンはショックを受けた。怖い。自分の身に何が起きているのだろう。張りつめた雰囲気をやわらげようと、メイリンは口を開きかけたが、ハビエルはその唇に指を押しつけた。

「何も言わなくていい」

金色を帯びた瞳で全身を見まわされ、小さなグレーのシルクの下で、胸の頂が硬くなる。呼吸するのも苦しく、心臓が大きな音をたてている。メイリンはどうすることもできず、ハビエルを見あげた。

「わかっている」彼は言い、華奢《きゃしゃ》な腰にしっかりと手をまわしてメイリンを引き寄せた。

キスされる。熱い瞳に見つめられ、彼女は確信した。だが、そのときひとりの男性がハビエルに挨拶《あいさつ》をしに来たため、チャンスは失われてしまった。

ハビエルはメイリンを促し、人をかき分け進んでいった。途中で何度も声をかけられ、彼はそのたびに挨拶を交わした。会話のほとんどがスペイン語で、メイリンには何ひとつ理解できない。彼女がようやく自分の格好に気づいたのは、出口にたどり着いたときだった。

「待って。着替えないと」

「今のままで完璧じゃないか」ハビエルは耳もとでささやいた。

「でも、これはわたしの服じゃないもの」

「メイリン、こんなところにいたのか。ドレスを皆さんに披露するよう言ったはずだよ」セルヒオが現れた。「これにちょっとバリエーションをつけて、市場に売りこみたいんだ。だから頼むよ、ダーリン。みんなに見せびらかしてくれ」

「僕にはちゃんと見せてくれた」ハビエルは長い腕を再びメイリンの腰にまわし、セルヒオに鋭いまなざしを向けた。「ドレスの代金は僕に請求したまえ。これからメイリンとディナーに行く」

「セニョール・バルデスピノと一緒だとは気づかなかったよ、ダーリン。ドレスはいいから、さあ、行った行った」セルヒオはメイリンをドアのほうへ送りだした。「食事を楽しんでおいで。ただし、明日の正午には王族の方たち向けのショーがあるのを忘れるんじゃないよ」そしてハビエルのほうを見て、続けた。「明日の十二時にどうしても彼女が必要なんだ」

セルヒオが何をほのめかしているのか理解する間もなく、メイリンはハビエルの運転する黒の大型スポーツカーで、バルセロナの街を走っていた。

「着替えたいっていうのは本気だったのよ」やっと声が出た。「こんなドレスで人前に出たくない。わたしの好みじゃないわ」

「大丈夫だよ」ふくれっ面を横目で見やり、ハビエルは笑った。「僕の家で食事をしよう」

「でも、でも……」メイリンは言葉が出てこなかった。このドレスで人前に出たくないと言った直後だけに、反対のしようがない。

大きく力強い手が彼女の膝にのせられた。「心配するな。僕と一緒なら安全だ。約束する」

ローズは寝返りを打った。あれが初めての約束だった。ハビエルは何度も約束したが、守ってくれたためしがない。

ハビエルと出会った当時、ローズはまさに人生の転機を迎えていた。メイリンとしてしゃにむに働きながら、一年前の両親の死から立ち直りかけていた。

家族で過ごした家は売れ、アパートメントを買う段取りもついた。ペギーは結婚してローズのもとを去り、ローズは現実離れしたモデルの世界から大人の世界へと足を踏み入れようとしていた。大学で勉強をし、どうしても医者になりたかった。ショーの最中に笑みをもらしたのが過ちのもとだった。そして、最大の過ちはその次に起きたことだった。

暁の光が差し始めた。ローズはうめき声をあげ、顔を枕《まくら》にうずめて、記憶をかき消そうと努めた。あの晩の出来事は、その後何年もわたしを苦しめ、わたしの男性観に影響を与えた。夫や家族が欲しいと思えるようになったのは、ごく最近のことだ。わたしは一夜の過ちで、一生を棒に振るところだった。事実を正視しよう。心に深い傷を負わせたハビエルは、わたしを覚えてもいない。彼はそんなにすてきな人ではなかった。そうでしょう？

4

メイリンは広い部屋の中央に立っていた。床板は磨き抜かれ、大きな窓からバルセロナの美しい夜景が見渡せる。家具は、真っ白な革張りのソファが二つと、黒い大理石のコーヒーテーブルがあるだけだ。大理石製の優雅な暖炉の上には小さな銀縁の写真立てが置いてあった。メイリンは部屋を横切り、写真を見た。黒髪のかわいらしい女性をはさみ、ハビエルが別の男性と肩を組んでいる。三人とも笑い、女性は大きな指輪をはめていた。

「あなたのお友だち？」メイリンはハビエルに尋ねた。

「ああ、仲のいい友人だ」

「すてきな家ね」彼の顔に浮かんだ微笑を見て、メイリンはますます緊張した。

「そう？」ハビエルは部屋を見まわし、身を硬くして彼を見つめているメイリンに視線を戻した。「飛びかかったりはしないよ」そう言って彼女の腕を取った。「君をディナーに招待したにすぎない」

「お料理ができるの？」メイリンの心臓は早鐘を打っていたが、モデルの仕事で動揺を表に出さないすべを身につけていた。

「もちろん。僕は多才なんだ」

肩をすくめ、両手を大きく広げるハビエルを見て、メイリンは自分が彼の呪縛《じゅばく》にからめ取られつつあるのを感じた。

「そうみたいね」ほかにどんな才能があるのかしら。

「本場のオムレツとサラダと上等の白ワインなんかどう？」ハビエルは満足げな笑みを浮かべた。君が何を考えているかお見通しだ、と言わんばかりに。

「うれしいわ。ありがとう」メイリンがすまして答えると、ハビエルは大笑いした。

「君は本当にすばらしいよ、メイリン！」彼は笑いながら彼女の瞳を見つめて腕に手をかけ、キッチンへいざなった。「サラダを作ってもらおうかな」

それから十五分間、二人は料理にいそしんだ。狭い空間で彼の体がかすめることもあり、メイリンは我が身の反応を無視しようと努めた。だが、小さなテーブルにハビエルと向かい合って座り、彼にワインを注いでもらっているとき、こんなことをしていていいのかしら、と疑問がわきあがってきた。男性の家で二人きりで過ごすのは生まれて初めてだった。わたしは何をしているの？　外国で、それも見知らぬ男性と。しかし、信じられないほどハンサムな彼の顔や広い肩、日焼けした腕を見た瞬間、メイリンはいっさいの常識を忘れ去った。

「僕の美しいメイリンに乾杯」

彼女もハビエルを見つめながらグラスを手にする。目の前の男性は途方もなく魅力的で、メイリンは胸が締めつけられた。

ハビエルはグラスをおもむろに口へ運び、ワインを飲みつつ、彼女の胸のあたりに目を向けた。メイリンも慌てて上等のワインをひと口飲んだが、体の反応を抑えることはできなかった。胸はふくらみ、その先端は薄いシルクの下で痛々しいほど硬くなっている。彼女はいきなりグラスを置き、胸の前で腕を組んだ。見つめられただけでこんなに反応してしまうなんて。

ハビエルはテーブル越しに彼女の手をとらえた。「いいんだよ、メイリン。僕だって同じさ。テーブルがあるから助かっているようなものだ」ハビエルは彼女を見つめたまま苦笑した。

今になって彼の思いに気づいたメイリンは小さい悲鳴をあげ、顔を真っ赤に染めた。

ハビエルは頭をのけぞらせ、大声で笑った。「あどけないふりをしたって遅いよ。でも、そのドレスは人前で着るものじゃないね。恋人にだけ見せる服だ。さあ、冷めないうちに食べよう」

年上で経験を積んだハビエルなら、自分の体の反応を笑い飛ばすこともできるが、メイリンには無理だった。二口食べただけで、残りをフォークで皿の奥に押しやった。彼とまともに目を合わせられない。目が合うと、呼吸もままならない。

「どうした？　オムレツは嫌いかい？」ハビエルは心配そうにきいた。

メイリンは顔を上げ、ほほ笑もうとした。「とてもおいしいわ。だけど、食欲が急に失《う》せてしまったの」

「モデルだから仕方がないね。でも、君は非の打ちどころのない美人だ」ハビエルは輝く瞳で彼女を見つめた。「その美しさを、やせたいなどという愚かな願望で台なしにしてはだめだ。さあ、食べて」

メイリンは彼の言葉に従った。

ハビエルは彼女の気持ちを楽にさせようと、車への情熱について語り始めた。まもなく二人は旧友のようにおしゃべりに興じ始めた。メイリンは仕事にまつわる愉快な話をし、ハビエルは父親がスペイン南部で農場を経営していることなどを語った。彼はまた、セビーリャの闘牛場で闘牛士のまねごとをして落馬したときの話をして、彼女を笑わせた。

メイリンは今日が自分の誕生日であることも忘れてしまった。目の前の男性が発する強力な磁気から逃れられない。でも、互いに打ち解けて語り合ううちに、磁気だけではない気がしてきた。やがてハビエルは、キッチンの固い椅子に二時間以上座ったことがないと言い、彼女を居間に案内した。

豪華なソファでハビエルのいれたコーヒーを飲みながら、メイリンは隣に座る彼の端整な横顔をうかがった。とたんに彼女は落ち着きを失い、頬を紅潮させた。食事は終わり、コーヒーももうすぐ飲み終わる。そろそろおいとましなくては。ハビエルは完《かん》璧《ぺき》な紳士でいてくれた。問題はわたしのほうよ。仕事を通じて、ハンサムな男性には今まで幾人となく会っている。でも、ハビエルほどわたしの心を動かした男性はいなかった。

隣で長い脚を投げだしているハビエルは、心からくつろいでいる感じだ。そして罪なほどセクシーだ。メイリンは彼の脚をうっとりと見つめた。太腿の筋肉が盛りあがっている。落馬したなどと言っていたけれど、本当は巧みに乗りこなしているのだろう。視線を胸へと移す。シャツの襟もとのボタンはいくつか外れ、筋肉質の胸がのぞいている。シャツの中に手を滑らせてみたい。メイリンはエロティックな想像にぎょっとして飛びあがった。

「もう帰るわ」かすれ声で告げ、ドレスの裾《すそ》をむきになって引っ張った。「時間も遅いし、明日も仕事だから」メイリンは一瞬彼を見下ろし、その瞳に金色の炎を認めてはっとした。ハビエルに手を取られ、何がどうなったかわからないまま彼の膝の上に座らされていた。

「おやすみのキスくらいしてくれるだろう」

「お願い。ドレスがしわになるわ。返さなきゃいけないのよ」つまらない言いわけだと自覚していたが、腰にきつく腕をまわされ、もう片方の手でむきだしの肩をつかまれては、どうすることもできない。

「僕からのプレゼントと思ってくれればいい」力強い手がメイリンのうなじを滑り、美しい顔を引き寄せた。ハビエルの瞳は激情を秘めていた。

「だめよ」だめなのはドレスなのか、キスなのか、メイリン自身にもわからなかった。

「誕生日プレゼントということにしよう、僕のかわいいメイリン」官能的な口が彼女の唇を軽くかすめた。

「今日がわたしの誕生日だってどうして知っているの？」メイリンは危険な状況も忘れ、わずかに身を引いて尋ねた。

「いや、知らなかった。僕たちはとても気が合うから、これはきっと超常現象だ！」ハビエルは喉の奥で低く笑い、メイリンを抱きしめた。「誕生日おめでとう。でも、どうして教えてくれなかった？　どこかへ連れていってあげたのに。友だちやご両親は一緒にお祝いしたかったんじゃないかな？」

緑色の瞳が涙でにじむ。なんて優しくすてきな人だろう。「父も母も一年ほど前に亡くなったの」

「かわいそうに」今度のキスは長く、優しさと同情にあふれていた。メイリンがやわらかい唇を開くと、ハビエルは低くうめき、唇を押しつけたまま彼女をソファに押し倒した。

メイリンには何がなんだかわからなかった。彼に抱かれて安心感を覚えたとたん、とてつもない興奮の渦に巻きこまれてしまった。ハビエルは長身を生かして彼女を押さえつけ、大きな手で顔を包み、甘い口の中をむさぼっている。メイリンはめまいを感じつつ、か細い腕を彼にまわした。ハビエルはどんな麻薬よりも巧みに彼女の感覚を刺激した。

メイリンは指を広い肩に滑らせ、彼のシルクのような黒髪にからませた。欲望が一気にほとばしり、彼女は激しく身を震わせた。本能的に彼に応《こた》えたメイリンは、求められることに大いなる喜びを覚え、同じ喜びを彼に与えたいと願った。

ついにハビエルが顔を上げた。二人は荒い息をしながら見つめ合った。彼の手が優しく顔から肩へと滑っていく。ドレスの細い肩紐《かたひも》を外し、彼はクリーム色のみごとな胸に見入った。

「このうえなく美しい」ハビエルはつぶやき、胸のふくらみをそっとてのひらで包んだ。薔薇《ばら》色の蕾《つぼみ》を親指でさすりながら、それが硬くなっていくさまをじっと見つめる。

メイリンは身を震わせ、精悍《せいかん》な顔に見とれたまま彼の髪をつかみ、キスをせがんだ。全身がかっと熱くなり、男性的な香りに酔う。彼が欲しくてたまらない。

「場所を変えよう」ハビエルはかすれ声で言い、彼女を抱きあげ、寝室へと運んでいった。

メイリンをベッドに横たえると、ハビエルは彼女に覆いかぶさり、金色の炎を瞳に揺らめかせて、ドレスを脱がせた。

「ああ、君は完璧だ！」彼もまたたく間に服を脱ぎ捨て、彼女の隣に横たわった。

メイリンは恥ずかしそうに、だが、うっとりと、広い肩から筋肉質の胸にかけて視線を走らせた。彼女の血管の中で、極上のシャンパンのように泡がはじけた。好奇心から視線を下ろしていく。日焼けしたたくましい太腿の間に、男性の象徴が雄々しくそそり立っていた。

ハビエルはメイリンから衣類をすべてはぎ取った。彼女の裸身を食い入るように見つめながら、長い指の先で脚に触れ、ゆっくり上へと滑らせていく。彼の指先が送りこむ官能にメイリンはあえぎ、身を震わせた。

「ハビエル」

「そういうふうに呼ばれるのは好きだよ」彼は押し殺した声で応じ、メイリンのヒップを、くびれた腰を撫《な》で、さらに胸から喉へと愛撫《あいぶ》を加えていく。片肘で体を支えて彼女の顔をのぞきこみ、再び唇を我がものにした。原始的な情熱のほとばしるキスに、メイリンの血がたぎる。ハビエルは胸の頂をひとつずつ指で転がし、その手を下方へと移していった。

一瞬、メイリンの脳裏に正気がよみがえったが、胸の硬い蕾を口に含まれ、彼女は再び我を忘れて声をあげた。

こんなに激しい欲望が存在するなんて。メイリンはハビエルの広い肩に触れ、背中から胸へと手を這《は》わせた。自分を抑えられない。抑えようとも思わない。ハビエルの手と口による巧みな愛撫で、メイリンは彼のとりこになっていた。

ハビエルが顔を上げ、熱く潤った部分を探りながら、荒々しいキスを深める。

「お願い……」メイリンはあえぎ、彼を見あげた。表情は張りつめ、焦げ茶色の瞳には渇望しか映っていない。ハビエルはこんなにもわたしを求めている。

「お願いなんかしなくていい」ハビエルはうなるように言い、硬い分身をしなやかなメイリンの中にうずめた。

彼女の内部の抵抗の大きさと、押し殺した悲鳴に、ハビエルは一瞬凍りついた。だが、メイリンは彼の背中にまわした両手に力をこめ、サテンのような肩にキスを浴びせた。ハビエルが再び身を沈めていくと、彼女の口から歓喜の声がもれた。

メイリンは生まれて初めて官能の世界を知った。本能的に身を反らし、彼を受け入れる。貫かれるたびに快感が怒濤《どとう》のように押し寄せ、鼓動が雷のようにとどろいて、未知の世界へ高く高く舞いあがっていく。彼が途中でやめてしまうのが怖くて、メイリンは必死に彼を抱きしめていた。

やがてメイリンの体は激しく震え、身を焼きつくすような熱波が次々に押し寄せた。自分の叫び声が耳に届くと同時に、彼女はハビエルの体が痙攣《けいれん》するのを感じた。

ハビエルはメイリンに重なり、彼女の喉もとに頭をあずけた。メイリンは震える手を伸ばし、汗に湿った黒髪を撫でた。彼が自分の体で安らいでいるのが、とてもうれしい。こうして彼のぬくもりを感じているのもすてきだ。わたしはこの人が好き……。

ため息をついて仰向けになったハビエルは、メイリンの腰の下に腕をもぐりこませ、自分の胸にかきいだいた。「初めてだったんだね」彼女の額にかかる湿った後れ毛を払い、薔薇色に上気した美しい顔を探るように見つめる。「どうして教えてくれなかったんだい？」

「別にいいでしょう」メイリンは彼の胸に手をつき、浅黒くハンサムな顔を見下ろした。「いつかは経験するんだもの」こういう場合どんな態度をとればいいのかわからず、彼女の口から甲高い笑い声がもれた。

「笑い事じゃないよ、メイリン。もし知っていたら、もっと優しくしてあげたのに」

「ごめんなさい。こういうことには不慣れだから」メイリンはそっけなく言った。

ハビエルはうなり、金褐色の髪をそっと撫でながら、頭に軽く唇を押しつけた。「僕は慣れていると思っている？　実を言えば、僕も初めてだった。今までバージンの女の子とつき合ったことはなかったんだ」メイリンの顔を上げさせ、大きな緑色の瞳をのぞきこむ。「うれしかった。月まで飛んでいくかと思うほど舞いあがってしまったよ、メイリン。君は僕のものだ。これからはずっと僕ひとりのものだ。すぐに証明してあげよう」

ハビエルは口もとに官能的な笑みを浮かべ、いたずらっぽく瞳を輝かせている。メイリンの心は愛で満たされた。

彼女はいとしい人の鼻に軽くキスをした。「あとでね。バスルームに行かないと」

「興ざめだな。一緒に行くよ」彼はにやりとした。

「いいの」メイリンは身を振りほどき、上体を起こした。バージンは失っても、自制心まで失ったわけではない。

「向こうだ」ハビエルは反対側の壁に組みこまれたドアを指し示した。「でも、忘れるんじゃないよ。君は僕のものだ。じきにすべてを僕と分かち合うようになる。バスルームも含めてね」

「約束ばっかり」メイリンは体をひねって足を床に下ろし、寝室を見まわした。この部屋はわたしが大人の女性になった瞬間を見届けていたのね。メイリンはふと笑い、シーツをはがして体に巻きつけた。そして全裸で仰向けに横たわっているハビエルを見やった。「黒いサテンのシーツなんて悪趣味ね、ハビエル！」軽口をたたき、笑いながらバスルームへと向かった。

メイクをすっかり落として髪を整えたメイリンは、寝室に入ったところで立ち止まった。ハビエルは両腕を投げだし、目を閉じていた。たくましい胸が規則正しく上下している。ブロンズ色のみごとな肉体が、今は無防備に感じられる。メイリンは胸がいっぱいになった。彼への愛で圧倒されてしまうかと思えた。

「おいで、メイリン。そこに立っているんだろう」ハビエルは目を閉じたまま静かに言った。

「どうしてわかったの?」メイリンはベッドに近づき、巻きつけていたシーツを床に落とした。

「君は僕の伴侶《はんりよ》だからだよ」ハビエルは目を開け、メイリンの瞳をとらえた。温かみのある金色の光に、彼女は目がくらみそうだった。彼はほっそりした裸身をおもむろに見まわし、洗ったばかりの顔を見つめた。「君がきれいなのはわかっていたけど、モデル用のメイクを落とした君の美しさは言葉で言いつくせない。おいで」ハビエルは手を差し伸べた。

差しだされたハビエルの手に、メイリンはためらわず自分の手をあずけた。ハビエルは彼女を抱き寄せ、ゆっくりとキスをした。それから二人は再び愛を確かめ合った。


ぐっすりと眠っていたメイリンは、電話の鳴る音に目を覚ました。ベッドを出ようとしたが、男性の強い腕に押さえつけられている。自分がどこにいるのか、一瞬わからなかった。

「ハビエル、電話よ」言いながら、彼の腕を引っ張る。ゆうべ、ハビエルは愛情のこもった目でわたしを見つめてくれた。けさも同じでありますように。

メイリンは息を止め、彼を見守った。

「メイリン」ハビエルは眠たそうにつぶやき、彼女にまわしている腕に力をこめた。それから目を見開き、彼女が自分を見つめているのに気づいて満面に笑みを浮かべた。「ああ、夢じゃなかったんだ」

メイリンの不安は一気に吹き飛んだ。「そうよ。この電話もね」キスで腫《は》れた唇に笑みをたたえた。

ハビエルはその唇に素早くキスをし、ベッド脇《わき》のテーブルに手を伸ばして受話器を取った。

メイリンは仰向けになり、薄目でハビエルを観察した。なんてゴージャスな人かしら。我が身をつねって、ゆうべの出来事が嘘《うそ》ではないと確認したいくらいだわ。ハビエルはわたしを愛してくれている。一緒に暮らしたいのよ。モデルの仕事はやめろと彼は言い、メイリンも同意した。いずれにしても、やめるつもりだった、と伝える間もなく、ハビエルは愛の営みを始めてしまったけれど。説明なんかどうでもいい。大切なのは互いの気持ちだけ。

だが、電話に出ているハビエルは黒い眉を寄せ、険しい表情を浮かべていた。彼が急に遠く感じられ、メイリンの背筋に言い知れぬ不安が走った。

ハビエルは受話器をたたきつけるように置き、足を床に下ろした。

「どうしたの？」メイリンは彼の広い背中に手を伸ばした。振り返った彼は、彼女がそこにいるのに初めて気づいたような顔つきだった。

ハビエルは固く結んだ口もとに苦笑を浮かべた。

「ごめんよ、ダーリン。レース場に行かなければならなくなった。いつ帰れるかわからない」焦げ茶色の瞳でメイリンのういういしい顔を見つめ、額にかかった髪を撫でつけた。「まだ六時半だから、もう一度寝たらいい。キッチンのテーブルにアパートメントの鍵《かぎ》と名刺を置いておく」ハビエルは身をかがめ、素早くキスをした。顎の無精ひげが彼女のやわ肌をかすめる。「早く終わったらショーを見に行く。君の最後のショーをね。ホテルに電話して、迎えに行ってもいい。もし五時までに電話がなかったら、荷物をまとめてここに来て待っていてくれ。わかったね？」そう言い残して、彼はバスルームに姿を消した。

メイリンは黒いサテンのシーツを引きあげ、夢見心地にため息をついて、ほどなく眠りに落ちていった。寝室に戻ってきたハビエルが優しく見下ろしたのにも気づかなかったが、唇に軽いキスをされたのはおぼろげに感じていた。夢の中で愛してるよという男性の声を聞いた気もした。

しばらくして目覚めたメイリンは、バスルームの鏡を見つめて顔をほころばせた。面差しが今までとは違って見える。屋根のてっぺんから、彼の名を思いきり叫んでみたい。メイリンは鼻歌を歌いながら、キッチンへ向かった。

コーヒーを満たしたカップを両手で包み、すばらしい香りを吸いこんでため息をもらす。至福のひとときだった。目に映るものすべてが新鮮に感じられる。心地よいけだるさが全身を包んでいた。

メイリンは名刺の上に置いてある小さな鍵を見た。朝日が当たり、鍵は金色に輝いている。この鍵がわたしの将来を開いてくれる……。メイリンは愛するハビエルとの薔薇色の未来を思い描いた。出会って二日だというのに、なんの疑いもいだいていなかった。

メイリンは名刺をハンドバッグにしまい、鍵を手に取った。車の音にまじって、鳥のさえずりが聞こえてくる。そのとき玄関のドアが開く音がして、彼女はさっと立ちあがった。あの人が帰ってきた。

メイリンは急いで居間へと向かった。目を輝かせ、声をかけようとして、彼女は立ちすくんだ。ハビエルとはまったく別の男性だった。中背で恰幅《かっぷく》がよく、黒いカーリーヘアがなかなか魅力的だ。ジーンズに白のスウェットシャツという格好で、大きな旅行かばんを手にしている。彼はそれを足もとに置いて背筋を伸ばし、メイリンをいぶかしげに見つめた。

「ここで何をしているの?」メイリンは急に身の危険を感じた。

「僕はセバスチャン・グアルダ、ここの住人だ」彼は自己紹介をした。

「そんなはずないわ、ここはハビエルの家よ」

「ああ、ハビエルか」彼は首を横に振り、居間のソファに腰を下ろして目を閉じた。「グランプリの間ここに泊まっているんだ。あいつが何を言ったか知らないけど、ここは彼の家じゃないよ」男性は目を開け、あざけるようにメイリンを見すえた。「どこにいる？　まだベッドにもぐっていて、君にコーヒーをいれさせているのか？」

「仕事に行ったわ」メイリンは言ってすぐに後悔した。ひとりきりだと教えるべきではなかった。

「仕事だって！」男性は笑った。「なんとも都合のいい口実だな。レディ、僕は長旅でとても疲れているんだ。ハビエルとはなんでも分かち合っているけれどね」セバスチャンは露骨な視線をメイリンに送った。「でも、君は疲れているみたいだし、僕も早く眠りたい。だから帰ってくれないか？」

メイリンは青ざめた。「あなたの言うことなんか信じない。ハビエルはわたしを愛しているの。彼は、ここにいてくれって」言いながら、声がしだいに弱くなる。

セバスチャンはふんと鼻を鳴らしたが、メイリンの真剣さに気づいたのか、背筋を伸ばした。「あいつがそう言ったんだな」

「そうよ。レース場での仕事が終わったら、ここで会おうって」ハビエルは約束してくれた。嘘をついたとは信じられない。信じたくない……。だが、メイリンの頭の中で、皮肉な声がささやきかけた。あなたはハビエルの何を知っているの？　そのとき、彼女は目の前の男性が誰なのか気づいた。「あなたは、暖炉の上にある写真の人ね」

「ああ。ハビエルはF１レーシングチームの後援をしているんだ。大金持ちの道楽だよ。マーチャントバンクを所有していて、セビーリャとマドリードとブエノスアイレスに家を持っている。ブエノスアイレスには広大な土地もある」

メイリンは衝撃を受け、持っていた鍵をお守りのように握りしめた。「でも、彼はわたしにアパートメントの鍵をくれたのよ」手を開いてみせる。

セバスチャンは顔をしかめ、長らく鍵を見つめていた。「それで、君はもちろん鍵穴にさしてみたんだろうね？」

メイリンは手の中の鍵を見つめた。確かめてみようなんて思いもしなかった。

「ハビエルはいつも鍵束を持ち歩いているんだ。一夜限りの相手をすんなり追い払うのによく使う手さ。あいつは親友だし、僕の妹と婚約している身なんだけれどね」

「あなたの妹さんと婚約しているですって！」あの写真の女性は、彼の婚約者だったのだ。そんなの嘘よ！　メイリンは吐き気を覚え、よろめいた。

セバスチャンが隣に来て、腕をつかんだ。「大丈夫かい？　顔色が悪いよ。ここに座って。ショックだったんだね」

メイリンはおとなしくソファに腰を下ろした。

「あいつに代わって謝るよ。すまなかった。いつもベッドに連れこむ女性より君がずっと若いことに、あいつは気づかなかったんだ」

セバスチャンは親切だった。優しくメイリンの肩に腕をまわし、落ち着かせようとした。「あの写真は三カ月前に撮ったんだ。それ以上言う必要があるかな？」

「でも、妹さんが……。いいの？　ハビエルが浮気しているのをご存じなんでしょう？」

セバスチャンは遮るように笑った。「ハビエルはセビーリャでも由緒ある家系の出で、祖先はムーア人とスペイン人の混血だ。あいつは伝統を重んじているから、婚約者は結婚初夜までバージンでなければならないと信じている。結婚するまでは浮気じゃないんだよ。進んでベッドを共にする女性には事欠かないし、妹のカティアもその点は理解している。

君はどうやら遊ぶタイプではなさそうだ。改めてお詫《わ》びするよ」

ショックと恐怖のあまり、メイリンは口がきけなかった。セバスチャンはタクシーを手配してくれた。十分後、彼女はホテルへと向かっていた。

ファッションショーは正午に始まった。デザイナーのセルヒオはメイリンのパフォーマンスを大いに喜び、舞台裏で声をかけてきた。「最高だよ、メイリン。まさに僕が求めていた演技だ」

メイリンの緑色の目に涙が浮かんだ。「誰かに満足してもらえてうれしいわ」声が震える。

「なんだって！　バルデスピノの手に落ちてしまったんだね。かわいそうに」セルヒオはメイリンの肩に腕をまわし、同情をこめて青白い顔をのぞきこんだ。「先に言っておくべきだったよ。彼はちゃんとした娘さんと婚約したそうだ。女たらしで有名だけど、レディにはとても気前がいい。けさ彼の部下がドレス代を払うと言ってきたんだ。前向きに考えてごらん。君は今や、有名なセルヒオ・ブランドの製品を持っていると胸を張れるんだよ」

話を聞いているうちに、かすかな望みをいだくのさえ恐ろしい過ちに思えてきた。ハビエルはショーを見に来るかもしれない、ホテルに連絡をよこすかもしれない。そんなはかない望みをメイリンはいだいていた。彼はドレスの値段でわたしを買ったのよ。もともとこのドレスは気に入らなかったけれど、もう見るのもいや。

メイリンはホテルに戻り、部屋から空港に電話した。幸い、その日の四時半のチケットが取れた。彼女は急いで服をスーツケースにほうりこみ、ドレスを引き裂き、ごみ箱に突っこんだ。涙が頬を伝う。失恋の涙なのか、それともひと目ぼれしてしまった自分に対する怒りなのか。うぶで浅はかな少女みたいに、卑劣な男性のえじきになった。もう二度と同じ過ちは繰り返さない。メイリンは心に誓い、タクシーを呼んだ。

受話器を置き、ハンドバッグを開けてパスポートを確認したとき、一枚の名刺が目に留まった。セバスチャン・グアルダの名前と住所、電話番号が印刷されている。ハビエルが嘘をついた何よりの証拠だった。彼は自分の電話番号すら教えてくれなかったのだ。そのとき電話が鳴り響いた。

「メイリン、いったいなんのまねだ？　鍵が置きっぱなしじゃないか」ハビエルの怒声が受話器の向こうから響いてきた。

「鍵もあなたもいらない。さようなら」メイリンは受話器を置いた。

電話はまたすぐに鳴りだしたが、彼女はスーツケースを持ち、部屋をあとにした。

5

ドアを激しくたたく音にローズは目を覚ました。上体を起こしかけ、ここが自宅ではないのに気づく。拳《こぶし》で目をこする。きのうの出来事が信じられない。ハビエル・バルデスピノが親戚《しんせき》になるなんて。彼女はもう一度ふとんにもぐりたくなった。

「ローズ、悪いけど起きて」アンがコーヒーのマグカップを手に入ってきた。

「今何時？」愛らしい従妹《いとこ》がかすんで見える。

「十一時半よ。これを飲んで、早く支度して。もうじき出発よ」アンはマグカップをベッド脇《わき》のテーブルに置いた。

「十一時半？　なんで起こしてくれなかったの？」

ローズはベッドに起きあがり、カップに手を伸ばした。

「休むようにって言われて帰国したんでしょう？　起こしちゃいけないってハビエルに言われたの。彼を手なずけたみたいね」アンはにやりとした。「だから、感謝ならわたしじゃなくてハビエルにして」言い残して従妹は出ていった。

ローズはシャワーを浴びながら、うめき声をあげた。家族同然とはいえ、人の家で昼近くまで寝ていたとは。あの人のせいよ。バスタオルで急いで体をふき、寝室に戻って清潔な下着を身につけた。半袖《はんそで》の青いポロシャツを着て、グレーのチノパンツをはく。それから蛇革のベルトを細い腰に通してきつく閉めると、長い髪を力いっぱいブラッシングし始めた。

ベルトは、ボツワナで診療所をやっていたときに、現地の部族から贈られたものだった。毛皮のコートは着る気がしないのに、蛇革のベルトならなんとも感じない。偽善者ね。ローズは苦笑してつぶやき、部屋を出た。

「おはよう、ロザリン。よく眠れただろうね」ハビエルは隣の部屋のドアにもたれ、彼女が階段を下りていくのを見ていた。

ローズは顎をつんと上げ、彼を一瞥《いちべつ》した。ジーンズもポロシャツも黒で統一した姿はまさしく男性の鑑《かがみ》という感じで、傲慢《ごうまん》さが全身に満ちていた。

「おかげさまで。でも、もっと早く起こしてくれてよかったのに」あまりに男性的なハビエルに怖《お》じ気《け》づかないよう、ローズは硬い口調で言った。

「そいつはいいことを聞いた。今度君が遅く寝たときは覚えておこう」

ローズは顔がかっと熱くなるのを感じ、逃げるようにして安全なキッチンへ向かった。ハビエルのハスキーな笑い声が背後であがった。彼と一緒に行動するのは二度とごめんだわ。

キッチンにはアンとジーン、それにテレサがいた。ローズが入っていくと、すぐさまベーコンエッグの大きな皿がテーブルに置かれた。三十分後に出発するという。

食べ物を口に運びながら、ローズは三人を説得しようと試みた。「もう二十一世紀なのよ。お目付役なんていらないでしょう」

「ローズ、時間を無駄にしないで」アンがぴしゃりと言った。「ハビエルはもう二回もパイロットにフライトの延期を要請しているのよ。この時期は、地中海周辺のチャーター機がイースト・ミッドランズ空港に押し寄せているから大変なの。今度のフライト機会を逃したら、明日まで飛べないかもしれないのよ。荷物はまとめた？」

「週末用のは二階で、残りは車の中よ」今やジャガーだけが頼みの綱だ。「バートラムを置いては行けないわ」ローズは勝ち誇ったように言った。

戸口に人の気配を感じ、彼女は振り返った。ハビエルが、続いてアレックスがキッチンに入ってきた。ハビエルは目を伏せ、表情を隠している。

「一週間なら、君のボーイフレンドも思い出にすがって生きていけるだろう」ハビエルの口調は激しい感情を強力な意志の力で必死に押さえつけているようだ。「僕だってそうだった」ハビエルは低く荒々しい声でつけ加えた。

キッチンにアンとアレックスの笑い声がこだました。

ハビエルは亡くなった奥さんの思い出にすがって生きているのね。奥さんをとても愛していたんだわ。ローズはフォークを置き、皿を押しやった。彼が哀れにすら思えてくる。

アレックスはハビエルの背中をたたいた。「ロザリンは大衆への奉仕に夢中で、ボーイフレンドなどいない。バートラムというのは車のことだよ」叔父はまだ笑いながら、ローズを振り返った。「車なら心配するな。ちゃんと見ていてやるから。またあいつを運転したくなってな。おまえのお父さんはときどきバートラムを運転させてくれた。あのころは楽しかったよ」

悲しそうな笑みを浮かべている叔父を見て、ローズはスペインに行くしかないと悟った。「かばんと車のキーを取ってくるわ」席を立ち、ハビエルの前を通り過ぎる際にちらりと彼を見る。

「よし」ハビエルは一瞬笑みを浮かべた。「楽しい休日になると約束しよう」

ハビエル・バルデスピノの約束など、もううんざり。ローズは安全な自室へと避難した。

鼓動が速くなっているのは、階段を駆けあがったせいよ。ハビエルがほほ笑んだからじゃないわ。わずかな持ち物を手早くかばんに詰めたローズは、階段を駆け下り、急いで愛車に向かった。そしてトランクを開けるや、スーツケースに手をかけた。

「僕に任せて」横あいから大きな男性の手が伸び、彼女からスーツケースをもぎ取る。

ローズはさっと顔を上げ、謎《なぞ》めいた暗い瞳と目を合わせた。「自分でできるわ」

「君には無理だと言ったかな？」ハビエルは傲慢にも片方の眉を上げてみせた。「これほどの車をバートラムなどと呼ぶ女性なら、相当自分に自信があるはずだ。こいつは乗りこなすのもメンテナンスも容易じゃない」彼は車体の低いスポーツカーをほれぼれと見つめ、ゆっくりとそのまわりを一周した。

この車とわたしのどちらか一方を選択するとしたら、ハビエルは迷わず車を選ぶわ。心配することもなさそうね。

ローズはいくらか気が軽くなり、キーを叔父に渡した。

戻ってきたハビエルがローズの傍らに立って言った。「男性がスポーツカーを好むのは、それが男性の象徴のように感じられるからだとよく言われるけど、君にも同じことが言えるかもしれないな」黒い瞳には性的な欲望がありありと浮かんでいる。

「なんですって?」ローズは思わず叫んだ。ハビエルは当たりさわりのない洗練された態度を見せていたかと思うと、一瞬にして彼女の平常心を脅かす人物に変身する。官能的な口に笑みが宿ったのを見ただけで、ローズは胸が騒いだ。

「バートラムを運転しているとき、君は興奮しているはずだ」

わざとけしかけているのね。その手には乗るものですか。「あなたは頭がおかしいわ」ローズは冷たくあしらったものの、ハビエルを見る勇気はない。

そのときジェイミに車に乗るように言われ、彼女は安堵《あんど》した。

一行は飛行場に着き、ローズは鼻の頭にしわを寄せて飛行機に乗りこんだ。自分の座席に腰を下ろし、シートベルトを締める。ハビエルはパイロットと話しこんでおり、ジェイミとアンはいつもどおり並んで座っている。私有のジェット機の豪華さは、ローズの想像をはるかに超えていた。アフリカで貧困を目の当たりにしてきただけに、ひとりの人間がここまで多くのものを所有するのは、罪悪とさえ感じる。

「何を考えている?」ハビエルがローズの隣の席に腰を下ろした。

ローズはハンサムな横顔を盗み見た。彼と太腿が軽く触れただけで、体が勝手に反応してしまう。ハビエルと一緒にいると、なぜ過敏になるのだろう。フェアじゃないわ。でも、人生なんてそんなものかもしれない。そこでローズは、財力を誇示するための消費について口にし始めた。

二人は富の分配に関する議論を繰り広げた。ハビエルは非常に知的で、自分の意見をはっきりと言う。彼との知恵比べは楽しい。発展途上国の債務をヨーロッパの銀行が帳消しにするという点については、ローズは賛成し、ハビエルは銀行家として反対した。彼女は彼を、支配欲が強く、欲にまみれた資本主義者の典型だと非難した。

「やめてくれよ、ローズ」ジェイミが割って入った。「ハビエルはいろいろな慈善事業に寄付をして、アフリカの学生たちが勉強できるよう支援もしているんだよ！」

ローズは恥じ入り、ハビエルを見あげた。「本当なの？」

「罪滅ぼしさ」ハビエルはつぶやき、口もとにほんの一瞬笑みを浮かべた。「君は簡単にえさに飛びつくから、僕もつい調子に乗ってしまった」

ろくに考えもせずに口走ったのは、ローズのほうだった。「ひどいことを言ってごめんなさい」

ハビエルは彼女を見つめた。黒い瞳は計り知れない深みをたたえ、のみで削ったような顔は筋肉ひとつ動いていない。「謝るのは早すぎる。君の言い分の少なくとも半分は正しい。確かに僕は支配欲が強い」

太い声で皮肉られ、ローズはかすかに恐怖を覚えた。なぜかしら？

まもなく着陸する、と機長が告げた。

空港での入国手続がすむと、リムジンにはジェイミとアンが乗るようにとハビエルは指示した。ハビエル本人とローズは空港に止めてあった彼のフェラーリで二人を追うという。荷物が多いせいもあり、ローズはあえて異議を唱えなかった。

だが、車体の低いスポーツカーに乗りこんだ彼女は、ハビエルと二人きりになったことを後悔した。大柄な彼とは数センチしか離れていない。幹線道路に乗り入れる際、ローズはハビエルを横目でちらりと見た。そして高まる緊張感をほぐそうと、口を開いた。「フェラーリなんて、あなたらしいわ」

「僕のことを熟知しているようだね」ハビエルは彼女を一瞥し、視線を前方に戻した。

またまずいことを言ってしまった。ローズは悔やんだ。「わたしのクラシックカーをとても気に入ってくれたでしょう。スポーツカーがよほど好きなんだと思ったの」

「ああ。クラシックモデルはかなり集めたよ。郊外に保管してあるんだ。今度見せてあげよう」ハビエルは打ち解けた口調で言った。「でも、普段乗るにはフェラーリがいちばんいい」

「どうして赤を選んだの？　日が当たるとまぶしいんじゃないかしら」ローズは懸命に自分を抑えていた。狭い空間にハビエルと二人きりでいると息が詰まり、悲鳴をあげたくなる。ハンドルを握る力強い指、巧みに車の間に割りこむときの太腿の動きにどうしても目がいってしまう。

「僕は伝統を重んじるタイプでね。フェラーリは赤、と僕の辞書には書かれているんだ」

ローズは無言のまま、窓の外を眺めた。やはり伝統主義者だったのね。セバスチャンが言ったとおりだわ。なぜか気がめいる。ハビエルなんて、わたしにはなんの関係もないのに。わたしがスペインに来た理由はただひとつ、従妹のお目付役という古くさい役割をまっとうすることだけよ。

突然ハビエルがののしり、乱暴にハンドルを切った。白いライトバンが割りこんできたのだ。ローズは悲鳴をあげた。

「セビーリャへようこそ、ロザリン！　ここの運転手はスペインで最も乱暴なんだ」

「そうみたいね」ローズはぶっきらぼうに応じ、猛スピードで走る車の流れをしばし見つめた。「ほとんどが車体をへこませているわ」

「僕のは違う」ハビエルは誇らしそうに言った。「誰もあなたの車にぶつけようとは思わないでしょうね」

ローズのつぶやきを、ハビエルは聞き逃さなかった。赤信号で車が止まったとき、ハビエルはローズを見すえて尋ねた。「僕を恐れているのかい、ロザリン？」

「そんなことないわ」ローズは言いきった。わたしは成熟した大人の女性よ。男性を怖いと思う年ごろはとっくに卒業している。

「怖いんだろうな」ハビエルは静かに言い、ギアを切り替え、都心へと車を走らせた。

ロザリンは今しがたの言葉が気になったが、すぐに周囲の景色に気を取られ、忘れてしまった。道路は狭く曲がりくねり、道路に面したビルの窓にはキャンバス地のブラインドがかかっている。強烈な夏の日差しを遮るためだ、とハビエルは説明した。

「もしよかったら、街をざっと案内しよう」

ローズはうなずいた。

ハビエルは生まれ故郷の歴史に通じていた。彼は有名なゴシック建築の大聖堂《カテドラル》、聖マリア・デ・ラ・セデを指さした。

ローマカトリック教会最大の大聖堂としてギネスブックに載っているという。

ローズは彼が示すヒラルダの塔に目を奪われた。イスラム寺院の尖塔《せんとう》として建立され、今はカテドラルに隣接している。セビーリャでいちばん高く、かつてこの地にムーア人が侵入したことを物語るすばらしい建築物だ。ローズはふとハビエルを見やった。鷲《わし》鼻、くすぶったような焦げ茶色の瞳、漆黒の髪。故郷スペインで見ると、こうした特徴がなぜか際立って感じられる。ローズはかすかに身を震わせ、流れゆく景色を眺めた。

「セビーリャの中央に川が流れているなんて知らなかったわ」姿を現した緑色の川に、ローズは驚きの声をあげた。

「グアダルキビールは有名な川だけれど、厳密に言うと、今見えているのはアルフォンソ十三世が開いた運河だ。セビーリャの街を洪水から守り、港として存続させるために、今世紀初頭に川の流れを変えたんだ」

「港ですって！ ここは内陸部なのに！」

ハビエルはハスキーな声で笑った。「セビーリャは昔から内陸港として有名だった。奥まっていて安全だというんで、イサベル女王がセビーリャを選んだ。クリストファー・コロンブスはここから出航して、アメリカ大陸を発見したんだ」彼はローズににやりと笑ってみせた。「カテドラルには彼の巨大な像がある。墓だと言われているけれど、ヨーロッパにはコロンブスの墓が五つもあるんだ」

ローズはカテドラルに、そしていかにもスペインらしい街並みに心を奪われていた。車は脇道にそれて巨大な石造りのアーチをくぐり、小石を敷きつめた中庭《パティオ》で止まった。ローズは目を見張った。これほど立派なタウンハウスは見たことがない。建てられたのは、おそらく十九世紀だろう。パティオには車庫と厩《うまや》もある。半円形の大きな石段の先に、鉄飾りのついたオーク材の巨大なドアが見える。ドアは大きく開き、浅黒い肌の小柄な男性がかしこまって立っていた。二人の到着を待っていたのだ。

ハビエルは車を降り、前をまわって助手席のドアを開けた。「我が家へようこそ、ロザリン」

ローズは慌てて体をひねり、車から降りた。優雅とは言えないしぐさだったが、ハビエルは感心したように見つめている。彼を見あげたとたんに脈拍が跳ねあがり、ローズはてのひらに爪を食いこませて自分を抑えようとした。

「すてきな住まいね」

ハビエルは彼女の二の腕に大きな手を添え、石段を上がるよう促した。ドアの前にいる男性にスペイン語で話しかけ、それからローズに紹介した。マックスと呼ばれたその男性は、執事と運転手を兼ねているらしい。彼の妻マルタは料理人だという。

日差しのきつい外から家の中に入ると、ほっとするほど涼しく感じられた。なんと印象深い内装だろう。スペイン文化とアラブ文化がみごとに調和している。広々とした玄関ホールの床はすばらしいモザイクで、ドーム形の屋根はきめ細かい職人技のたまものだった。両脇に立つ優雅な支柱は、いかにもアラブ的な青いタイルで覆われ、目がくらみそうだ。支柱の向こうには応接間に通じるらしいドアがあり、正面にはスペインふうの美しい木彫りがほどこされた階段がある。

「父は今やすんでいるから、ディナーのときに紹介しよう。先に部屋へ案内するよ」ハビエルはローズの腕に手を添えたままホールを進み、階段へと向かった。

そのとき突然、アンとジェイミが階段の上に姿を現した。「これから探検に出かけてくるよ。七時に会おう」ジェイミは明るく言いながら階段を下りてきた。

「すてきな家じゃない？」アンはローズとすれ違いざまに言った。

「待って」ローズは叫んだが、従妹は振り返らずに出ていった。「お目付役はもう終わりね」

「君の時間を有効に使う方法ならある」ハビエルはそう言って階段をのぼり、廊下を進んだ。そしてドアを二つ通り過ぎ、三つ目のドアの前で立ち止まった。「マルタが角部屋を君に用意してくれた。気に入ってもらえるとうれしいんだが」彼はドアを開け、ローズを中へいざなった。

「まあ！」見たこともないような部屋だった。巨大な天蓋《てんがい》のついた金色の円形ベッドが、部屋の中央に置かれている。青い垂れ布は分厚いシルクで、飾り紐《ひも》がついている。優雅なアーチ形の窓が二方の壁に二つずつあり、窓辺に歩み寄ったローズはすばらしい眺めに息をのんだ。片方の窓からは家々の屋根が見渡せ、遠くにヒラルダの塔も見える。もう片方の窓からは雄大な川の流れが見えた。家具はすべて青と金色で統一されている。二つの窓の間には、渦巻き模様のある美しいライティングデスクと、アンティークのソファがあった。ソファは木枠つきで、サテンのカバーがかかっている。低いテーブルをはさんで、ソファと同じ造りの椅子がひとつ置いてあった。

ローズはゆっくり振り返った。ハビエルはいつの間にか巨大なベッドの傍らに立っていた。

「このベッドはアラブの族長《シーク》のハーレムから取り寄せたものだ。気に入ったかい？」彼は妙に挑戦的な金色の光を瞳にたたえ、さりげなくきいた。

「ええ。気に入らないわけがないでしょう？」ローズはうっとりと部屋全体を見まわした。「このベッドよりも狭いテントに一家全員が暮らしているのを見たことがあるわ」

ハビエルは低く笑った。「そこがバスルームと脱衣室だ。脱衣室は居間とつながっていて、居間は廊下からでも入れる」大股で寝室を横切り、窓のない壁に組みこまれた金の縁取りのあるドアを開けた。

彼のあとに続いたローズは、思わず声をあげた。壁はすべて大理石で、調度品はすべて金色だ。二つのシャワー、鏡のついた洗面台、ビデ。何よりも目を引いたのは、とてつもなく大きな円形の埋めこみ式バスタブだった。純白の大理石製だ。

「退廃という言葉しか思いつかないわ」ローズは冷ややかに言って寝室に戻った。ハビエルはすぐ後ろに来ていた。

彼は両手をローズの肩に置いた。彼女はその手を振りほどこうとした。触れられたくない。だが彼は指を肉に食いこませ、彼女を自分のほうに向かせた。

「君にぴったりだ。退廃的なレディに退廃的な部屋……。メイリン」

一瞬ローズは空耳だと思い、驚いてハビエルを見あげた。焦げ茶色の瞳は侮蔑《ぶべつ》と共に冷酷な光を宿し、引き締まった口もとは、見る者に脅威を与えずにはおかない。空耳ではなかったのだ。ローズの顔が真っ青になった。息ができない。最初から知っていたのね、わたしがメイリンだと。ハビエルは獲物に飛びかかる黒豹《くろひょう》のように身構え、ローズの反応を見つめている。

十年前に彼と悲惨な関係を持ったあと、ローズはそのつらい経験を糧に、自分の感情を偽るすべを身につけた。何年も医学を学び、それ以上の年月を病人や死にゆく者の看病に費やすうちに、自分の感情を締めだすことができるようになった。それは医者にとって欠かせない技術だった。

「ここで退廃的な人はあなたしかいないわ」ローズはにべもなく言い、あたりを見まわした。「気づいていたのなら、どうしてもっと早く言わなかったの？」一歩後ろに下がり、彼の手から身を振りほどいた。

「同じ質問を君にすることも可能だ」ハビエルは皮肉をこめ、ゆっくりと言った。「でも、答えはわかっている。テレサが紹介したとき、君の顔を見てぴんときたよ。君は心底おびえ、青くなっていた。まじめに仕事に取り組む医者が、かつては異性と一夜限りの関係を重ねていたモデルだった、と暴露されるのが怖かったのか？」

ローズは返事ができなかった。この二十四時間、ハビエルに正体を見破られるのではないかと恐れていた。それが現実となった今、言葉もない。

「君が到着したとき、窓から見ていたんだ。どこかで見た顔だと思った。髪型のせいで少し迷ったがね。髪の色も多少明るくなっていた。でも、十年の歳月は君にとって幸いしたようだな。あのころより美しさに磨きがかかった」ハビエルはやわらかいニットシャツが描く胸の曲線に目を留めてから、ローズの顔に視線を戻した。「ほんの少し肉づきがよくなったね」

ローズは発育が遅かった。スペインを去り数カ月のうちに胸はふくらみを増したものの、腰は細いままだった。ローズは今ほど曲線の目立たないかつての体型のほうが気に入っていた。「太ったと言いたいんでしょう」

「いや、違う」ハビエルはいきなり大きな手で胸に触れ、熱い性的な感覚をローズの体に送りこんだ。

「やめて」ローズはあえぎ、その手を強くたたいた。

胸の先端がニット地をくっきりと押しあげている。ハビエルは白い歯を見せて笑った。「君をとろけさせるなど簡単だ。禁断の木の実の味を覚えてからは、男性と会うたびにベッドを共にしていたんだろう？ 君は自分を抑えられないからな」

ひどい侮辱だわ。ローズは怒りに震え、手を振りあげた。だが、ハビエルはその手首をとらえ、力任せに背中にまわし、彼女の体を引き寄せた。

「平手打ちをくらった顔でディナーの席に出たくないものでね。一度で充分だ。それより、僕たちは話し合う必要がある」

ローズは目を閉じ、声をひそめて十を数えた。傲慢でいばりくさった人を相手にモラルがどうのこうのと議論して、我が身をおとしめたくない。彼にはモラルのかけらもないのだから。

なんとか自制心を取り戻したローズは、目を開けてハビエルの険しい顔を見やった。「話したいなら勝手にどうぞ。言うべきことなんて何もないと思うけれど。はるか昔に一度お会いしたきり、お互いに別々の道を歩んできたのだから」ローズは怒りを抑えられる自分を誇らしく思った。でも、いやな予感がする。彼は何をたくらんでいるのだろう？

ハビエルは肩をすくめた。険しいながらもハンサムな顔には、なんの表情も浮かんでいない。

「確かにはるか昔だ。過ぎたことをとやかく言ってもしようがない。大切なのは現在だ」

「何がお望みなの？」

ハビエルはゆっくりとローズの全身を眺めまわした。温かみのまるで感じられない視線だが、ローズの肌はその視線を受けると熱くほてった。彼は口をゆがめ、ぞっとするほど残酷な笑みを浮かべた。ローズは空いているほうの手で彼の胸を強く押し、身を振りほどこうとしたが遅すぎた。ハビエルの唇が彼女の唇をふさいだのだ。

この十年間にキスをされたことは一度ならずあった。しかし、どれも今のキスとは比べものにもならなかった。固く結んだ唇を強引にこじ開けるハビエルのキスに、ローズは衝撃を受けると同時に興奮を味わった。彼のテクニックはいささかも衰えていない。ローズは抵抗しながらも官能の海におぼれていき、ついには彼に身をゆだねた。

勝利を確信し、ハビエルは慎重に手を離した。

どうしてわたしの体はいとも簡単に主人の意思を裏切ってしまうのだろう。ローズが何よりも恐れていたのは、意思にそむく自分の体だった。「もう行ったほうがいいわ」目をそらしたまま、彼女は言った。

ハビエルは彼女の顎に手をかけ、上を向かせた。ふっくらした唇を厳しい目で見つめ、かすかに満足そうな表情を浮かべた。「僕が何を望んでいるのか、ときいたね？　わかっているはずだ。君を見た男性なら誰もが思うことさ。でも、僕はそれ以上を望んでいる」

「あなたって最低だわ。大嫌い」ローズは抑揚のない声でなじった。「あなたがいかにくだらないことを考えていようと、わたしにはいっさい関係ないわ」多くの男性とベッドを共にしたと言って、ハビエルはわたしを侮辱した。自分こそ女たらしで有名なくせに。

「僕の妻になってもらいたい」ハビエルは事もなげに言った。

ローズは唖然《あぜん》として、口をぽかんと開けた。「冗談にもほどがあるわ」

「いや、筋は通っている。父は病気で、この先そう長くはない。僕が結婚したら、父は最後の日々を心安らかに過ごせるはずだ」

「お断りよ」ローズは首を横に振り、顎をつかんでいる手を払った。もう愚かな愛に振りまわされる年齢ではない。しかも、ハビエルがまたしても彼女を利用しようともくろんでいるのは明らかだ。

「そいつは残念だ。君の従妹とジェイミはお似合いのカップルだと思っていたんだが」

思いがけない言葉に、ローズはハビエルの険しい顔を見つめた。

「僕がちょっと説得すれば、ジェイミは大学を卒業するまで結婚しないと決意するだろう。今まで勉強ひと筋でやってきた彼のことだ、いずれ気ままな暮らしの味を覚えてしまうに違いない。君の従妹には気の毒だがね」

「あなたという人は……。アンとジェイミの仲を裂くつもり？」ローズは素早く頭を回転させた。「無理よ、あの二人は愛し合っているもの。あなたにそんなまねはさせないわ」

「従妹の幸せを是が非でも守りたいと言うのなら、それもいい。だが、若者の愛がどれほど移ろいやすいものか、僕たちは身をもって知っている」

ジェイミが叔父のハビエルに似ているのなら、アンは結婚しないほうがいい。そう言おうとしてローズは、ゆうべのアンとの会話を思い出した。「彼のお小遣いはあなたが出しているんですって？」

「そうだ。決定権は君にある。僕との結婚に同意してくれたら、ジェイミの小遣いや学費は僕が払い続ける。まもなく結婚するのだから、値上げもしてやろう。君の従妹はきっと感謝するはずだ。もし君が同意してくれなかったら……」

ハビエルはわざとらしく肩をすくめた。どうなろうと僕の知ったことではない。冷酷な瞳はそう語っていた。

6

「だけど、なぜわたしなの？」どう考えても納得できない。ハビエルなら、どんな女性だって思いのままだ。わたしを脅迫して結婚を無理強いすることなどないのに。「若いスペイン人の女性に声をかけてみたら？　あなたの奥さんになりたい人はきっと大勢いるわ」

「最初の結婚ではそうした。今度は成熟した妻が欲しい。自分をしっかり持っていて、冷静にふるまえる女性だ。感情は抜きにして、互いに利益となる関係がいい。君のことはよくわかっている。君は最高の候補者だ」

わたしのことなど知らないくせに。たった一夜の関係を除いては。モラルが欠けている、とハビエルはわたしを一方的に非難し、自責の念はまったくない。どうしてそんな態度がとれるの？　ローズは傷つき、激しい怒りを覚えた。

「あなたなんか地獄に落ちればいいのよ！」ののしりつつも、不安がつのっていく。

ハビエルは耳ざわりな声で笑った。「そうかもしれないな。でも、いいか、地獄に落ちるときは、君も道連れだ。君は僕に借りがある。貸したものは必ず取り返すのが僕の主義だ」

「なんですって？」ローズは耳を疑った。わたしをさんざん苦しめておきながら、貸しがあるなどと、よくも言えたものだわ！

「セバスチャンから聞いたよ。僕を見捨てる前に、彼の腕にしなだれかかったそうだな」

「彼はわたしを慰めようとしたのよ」セバスチャンの腕に抱かれたと自ら認めてしまったことに、怒りに駆られたローズは気づかなかった。「少なくともセバスチャンは正直だった。本当のことを教えてくれたもの。あなたは伝統に縛られ、モラルのかけらもないそうね。奥さんはきっと、地獄の苦しみを味わっていたんだわ」言いすぎた、と彼女は悔やんだ。

ハビエルの瞳に冷たい怒りが宿った。「亡くなった妻のことは君には関係ない。僕の将来の妻として、礼儀をわきまえてもらいたいね」

「勝手に夢を見ていなさいな」ローズは言い放ったあとで、冷酷きわまりない彼の顔を見て身震いした。

「よく考えろ、ロザリン。君はきっと同意する」ハビエルはゆっくりと言いながらローズの両肩をつかみ、引き寄せた。

かすかなムスクの香りに刺激され、ローズの肌はまたしても意思を裏切って熱くなった。獰猛《どうもう》なキスに、全身が燃えあがる。彼女は受け身に徹しようと努め、両手を脇《わき》に垂らし、固く握りしめた。だが、上唇から下唇へと彼の唇で優しく愛撫《あいぶ》されるうちにこらえきれなくなり、口を開いた。十年のつらく苦しい歳月を経て、ようやく我が家に戻ったような心地がした。ローズはあえぎ声をもらし、両腕を彼の首にからませた。

その瞬間、ハビエルは唇を離し、首からローズの手を外した。両手を彼女の肩に置き、そっと押しやって紅潮した顔を見つめる。「思ったとおりだ。決して変わらないものもある。七時にここで返事を聞かせてもらおう。それから君をディナーに連れていく」彼はしたり顔でほほ笑んだ。「とりあえずアンと話をしたいだろう？　彼女の運命がかかっているからね」

ローズの顔から血の気が引いた。悔しいが、彼の言うとおりだった。たった一度のキスで彼のとりこになってしまったのも、アンがジェイミとの結婚を固く決意しているのも。ドアへと向かうハビエルの後ろ姿を、ローズは嵐《あらし》のような険しいまなざしでにらみつけていた。

ハビエルが振り返った。「今度は僕をなめてかかるな」

彼が閉めたばかりのドアを見つめたまま、ローズはその場に立ちつくしていた。音もたてずにドアを閉めたのがひどく不気味に感じられる。ハビエルは本気でジェイミにアンとの婚約を破棄させるだろう。ローズはジェイミを気に入っていた。アンを愛しているのもわかる。だが、彼は若い。ハビエルのように世慣れして洗練された男性が開示する誘惑の世界に、二十四歳の若者が抗しきれるだろうか？　若い二人の仲を裂くなど、ハビエルにはたやすい。そのうえ、彼は経済的にも甥《おい》の命運を握っている。

ローズは豪華な部屋を見渡し、潤んだ目をしきりにこすった。ハビエルからのプロポーズを夢のように思ったときもあったのに……。

十年前、イギリスに戻ったローズは妊娠に気づいた。叔母には相談できなかった。ちょうど休暇をとっていたので、叔母には気づかれなかったが、頼れる人もなく、あまりの孤独に耐えかねて、ついに彼女はバルセロナのアパートメントに電話をした。妊娠三カ月のときだ。電話に出たセバスチャンは、急ぎの話があるという彼女の要望をハビエルに伝えると請け合った。ローズは理由を明かさなかった。三十分後、セバスチャンから電話があった。ハビエルは来週結婚する、メイリンに言いたいことは何もないそうだ、とセバスチャンは告げた。ハビエルは自宅の住所や電話番号を明かすな、と命じたという。

その日のうちに出血が始まり、ローズは流産した。かけがえのない命を失った心の傷は、十年たってもまだ癒《いや》されていない。

ローズの顔が苦しげにゆがんだ。過去をたどっていても、問題は解決しない。彼女はバスルームに入り、バスタブに湯を張った。スーツケースの中身は誰かの手で脱衣室とワードローブにきちんと収納されていた。

ローズは長い髪をピンで留めて湯につかり、白い大理石の内側にある頭置きに頭をあずけた。

機内でのハビエルとのやり取りが思い出される。支配欲にとりつかれていることを彼は認めた。だが、ローズは実際にこんな状況に追いこまれるとは夢にも思っていなかった。なんと頭の切れる策略家だろう。ローズはおもむろに立ちあがり、風呂から上がって、ふかふかのバスタオルを体に巻きつけた。ハビエルに逆らわないで、と懇願したアンの顔はまだはっきりと覚えている。ハビエルの仕掛けたゲームにつき合い、彼に劣らず冷酷にふるまうしか方法はなかった。

ローズは心を決め、険しい表情で体をふいた。脱衣室のチェストから黒いブラジャーとショーツを選び、ワードローブから同じ色のドレスを取りだす。今のわたしには黒がいちばんふさわしい。

十分後、寝室に戻ったローズは凍りついた。窓辺にハビエルが立っている。黒のズボンに白いタキシードと礼装用の白いシャツ、赤い蝶《ちょう》ネクタイといういでたちで、驚くほどハンサムに見えた。だが、ローズは傷跡の残る彼の横顔をいまいましげに見つめた。「普通はノックをするものよ」

「したよ」ハビエルは振り返り、謎《なぞ》めいた瞳で彼女の全身を眺めた。

シルクのドレスはホールターネック・スタイルで、むきだしの背には豊かな金褐色の巻毛が垂れている。正面は襟もとが喉までせりあがり、首に巻いた黒いビーズのチョーカーが鮮やかだ。スカートの丈は膝上数センチ、裾《すそ》がかすかに広がっている。靴はローヒールの黒いミュールで、きれいに塗ったペディキュアが見える。手も同じ色のマニキュアがほどこされ、口紅も同系色だ。

ローズはモデル時代に培った化粧の技を駆使し、色つきの保湿液で肌に健康的なつやを出していた。大きな緑色の瞳が際立つよう、色の異なるアイシャドーをまぜ、眉をほんの少し描《か》き足し、カールしたまつげにマスカラを二重に塗っている。彼女の戦闘態勢はすっかり整っていた。

「とてもセクシーだが、黒というのは何か意味があるのかい？」ハビエルはあざけるように言い、数歩で二人の距離を詰めた。

「お目付役にふさわしいと思うわ。さあ、行きましょうか」ローズも冷ややかに言い、ハビエルの脇をすり抜けてドアのほうに行こうとした。そのとき、腕をつかまれた。

「先に返事を聞きたい。僕と結婚してくれるか？」

奇跡が起こって、さっきの話が立ち消えになるのを祈っていたのに……。

「あのね、ハビエル」彼女は悪態をつきたいのをこらえ、穏やかに話そうと努めた。「お父さんを幸せにしたいという気持ちはわかるわ。でも、わたしは結婚したくないの。医者という仕事があるし」

「今は失業中じゃないか」ハビエルはおもしろがっているようだ。「君はまだ僕を求めている。テレサの家で君に話しかけた瞬間、ぴんときた。君は目を見開いて僕を見つめていた。喉のくぼみが脈打っていたのまでわかった」ローズの喉に指を一本押し当てる。「そうだ。あのとき、ここが今と同じくらい激しく脈打っていた。それに、僕には妻が必要なんだ。イエスという返事しか受け入れられない」

ローズは自分を抑えようと努めた。彼女にはある計画があった。実行するには心を鬼にしなければならない。でも、軽蔑《けいべつ》する男性と結婚するよりはずっとましだ。

「わたしは誰とでもすぐにベッドを共にする売春婦じゃないわ」ローズは静かに言った。「あなたと結婚したいとも思わない。でも、どうしてもとあなたが言い張るのなら、ジェイミとアンの仲を引き裂くようなまねはしないという条件つきで、わたしの休暇が終わるまであなたの愛人になるわ」

今回もし妊娠したら、その子を失った子どもの代わりにしよう。三十歳を目前に、ローズは出産年齢を強く意識していた。子どもが欲しい。産後一、二年は、仕事をしなくても暮らせるだけのお金がある。医者ならすぐに仕事は見つかるだろう。

「愛人なら間に合っている。僕に必要なのは妻だ。イエスかノーで答えろ」

あまりに厚かましい発言に、ローズは笑うべきか泣くべきかわからなかった。彼はわたしを求めていると思っていたのに、愛人がいたとは……。

「はっきりさせたいわ。お父さまを幸せにするためにあなたの奥さん役を務めるのであって、それ以上の目的はない、ということね」ローズはハビエルを凝視したが、彼の瞳にはなんの表情も浮かんでいなかった。「その間、あなたの別の欲求は愛人が満たしてくれるわけね」

「まあ……そんなところだ」ハビエルはあいまいにうなずき、彼女の腕にかけていた手を離した。

ローズは顔をしかめて問いかけた。「どうしてその女性と結婚しないの？」

ハビエルの黒い眉の片方が見下したように弓なりになる。「そんなうぶな質問は似合わないよ、ロザリン。男というものは愛人とは結婚しない」

なぜショックを受けるのか、自分でもわからない。ハビエルは男性としての優位を見せつけるためだけにキスをした。なのにわたしときたら、彼が本気で求めていると勘違いした。愚かにもほどがある！

わたしが十九歳のときだって、彼は本気で求めたわけじゃない。十歳も年をとった今、彼がわたしの魅力に屈するとはとても思えない。愛人は驚くほど若いのだろう。ハビエルのベッドを温めて生活費を稼ぐのを、なんとも思っていないはずだ。

「同意したまえ」

思いにふけっていたローズは、太い声に顔を上げた。ハビエルはタキシードの袖口《そでぐち》を上げ、じれったそうに金のロレックスを見ている。

「結婚式はいつになるの？」まだ気持ちがまとまらない。でも、アンを悲しい目に遭わせないためには、選択肢はひとつしかなかった。

「二、三週間のうちにと思っている。今夜君は僕に対して親しげにふるまい、明日からはカップルとして、ときどきキスや抱擁をまじえながら、信頼感を培っていく。父は期待するはずだ。来週末までに、結婚するとはっきり言う。細かいことは全部僕に任せるんだ」

「わたしには口をはさむ権利はないの？」ローズは

つっけんどんにきいた。

ハビエルは氷のような瞳で彼女を見つめた。「もし君が本当にアンの幸せを考えているのなら、何もかも僕に従いたまえ。君は自分の感情を偽るのがうまいから、心底傷つくことはないはずだ」

ローズは口をゆがめて苦笑した。ハビエルみたいな人間に思いを誠実に訴えたところで、皮肉な言葉が返ってくるだけだ。「わかったわ。同意しましょう」彼女はきっぱりと言った。

ローズの腰に大きな手が添えられた。「賢明なレディだ」ハビエルはひとり悦に入り、彼女を促して部屋を出た。

広い階段を下りてサロンの入口に着いたとたん、ローズは彼の手から逃れた。脅迫に応じるとは言ったものの、恋する女性を演じるには、怒りが大きすぎた。顎をつんと上げ、彼女は広く優雅な部屋へさっさと足を踏み入れた。


「アン、ジェイミ」錦織《にしきおり》のソファに仲むつまじく並んで座る若いカップルに、ローズはうなずいてみせた。彼女の目は、背もたれの高いアームチェアから立ちあがろうとしている男性に吸い寄せられた。

彼は象牙《ぞうげ》の取っ手のついた杖《つえ》を取ると、ローズのほうに歩いてくる。背は高いのだろうが、高齢と病のため、姿勢が前かがみになっていた。体はやせ細り、黒のディナースーツがだぶついて見える。フリルのついた年代物の白いシャツに蝶ネクタイをつけているが、首の細さは隠せない。ひと目見ただけで、ローズはこの老人が重い病にかかっているのに気づいた。向こうからわざわざ席を立ってくれたところを見ると、礼儀正しい人物なのだろう。

「ドン・パブロ・バルデスピノ、ジェイミのおじいさまですね」ローズは歩み寄った。名前を覚えていてよかったわ。「わたしはドクター・ロザリン・メイ、アンの従姉《いとこ》で、若い二人のお目付役を務めてい苦痛のせいか、しわの寄った顔をゆがめていた老人が、にわかに茶色の瞳を輝かせた。「失礼だが、あなたは目付役としてはあまりに若く美しい。女連中はあなたが婚約者を奪うのではないかと心配するだろう」彼はさもおかしそうに笑った。「そう思わないか、息子よ?」

そのとき初めてローズは隣にハビエルがいるのに気づいた。いつもは超然とした表情を浮かべている彼が、優しくほほ笑んでいる。父親を愛しているに違いない。無理やり結婚を押しつけられ激怒していたローズにも、ハビエルの気持ちを理解できた。

「そうかもしれないね。でも、もう座ってくれ。みんなに飲み物を出すから」ハビエルはグラスの並ぶ台に歩み寄り、ローズを見た。「なんにする?」

「ドライ・シェリーがいいわ」ローズは軽い調子で返事をしながらも、老人から目を離さなかった。

ドン・パブロは椅子に戻り、ローズを見あげた。「医者だそうだな。わしは今まで何十人もの医者にかかってきたが、あなたみたいな医者は初めてだ。もっと早くこんなきれいな女医に診てもらっていたら、病気もすぐに治っただろうに」

「お世辞がお上手ですね」ローズはほほ笑んだ。

「今のわしにはこれしかできんからな」

老人に大げさなウインクをされ、ローズは声をあげて笑った。

「父はすぐにくどきたがるから、調子づかせないでくれよ」ハビエルは言いながら、琥珀《こはく》色の液体の入ったクリスタルグラスをローズに渡した。グラスを受け取るとき指が彼の手をかすめ、ローズの全身に歓迎すべからざる快感が走った。

ローズはシェリー酒をひと口すすった。突然からからになった口の中を、なめらかな液体が潤していく。ハビエルにちょっと触れたくらいで反応してしまうなんて……

まうなんて。なんとか克服しなければ。父を喜ばせるために妻が欲しい、とハビエルは言った。その言葉を忘れてはだめよ。彼女は機嫌よく人々の話の輪に加わった。

食事の支度が整ったとマックスが告げに来て、一同はダイニングルームへ移動した。ローズは部屋を見まわし、贅《ぜい》を尽くした優雅な品々に心を打たれた。壁掛け布もカーテンも年代物だ。二十人はゆうに座れるダイニングテーブルに極上の磁器と銀食器が並び、ゴブレットは最高級のクリスタルだ。

ドン・パブロはいちばん奥の席につき、右側にアンを、左側にローズを座らせた。ジェイミがアンの隣に着席したため、ハビエルの席は必然的にローズの隣となった。

何気なくグラスを手にしたローズは、バルデスピノ家の紋章であるVの字が凝った意匠で彫られているのに気づき、はっとした。ハビエルの妻という立場の重みを感じずにいられない。

ハビエルはローズの気持ちを察したらしく、身を寄せて彼女の耳もとにささやいた。「我が家に代々受け継がれてきたものだよ」父親のために親しげにふるまう、という作戦の始まりだった。

「美しいわ」ローズは軽く受け流し、グラスをそっとテーブルに戻した。落としてしまいそうで怖い。ハビエルと視線を合わせる勇気が出ず、ローズはセビーリャの街をどう思うかとアンに話しかけた。

万事とどこおりなく進んでいった。マックスと若いメイドが食事やワインを運んできた。新鮮な野菜とナッツのサラダ、それからオリーブオイルとトマト、胡椒《こしょう》、にんにく、たまねぎを使ったアンダルシアふうフィレステーキ。

ドン・パブロは機知に富み、セビーリャの歴史にも精通していた。ホストとして完璧《かんぺき》で、会話がとぎれることはなかった。デザートを食べているとき、ハビエルに電話だとマックスが知らせに来た。席を立つ息子をドン・パブロが呼び止めた。

父親とスペイン語で激しくやり合ったあと、〝失礼〟とだけ言い、ハビエルは部屋を出ていった。

「息子の不作法を詫《わ》びさせてもらう」しんと静まり返ったなか、ドン・パブロが威厳をたたえて口を開いた。つやのない肌に赤みが差している。

「お気遣いは無用です」ローズは口をはさんだ。老人が怒るのを見るのは忍びなかった。「電話ですもの……。ドン・パブロ、とても美しいお宅ですけれど、この家にまつわるおもしろい話ってありますか？」

「バルデスピノの家は五百年前からここにある。家自体は建て替えたが、ずっと我が一族のものだった。しかし、残念なことに、バルデスピノの名は消滅しかけている」

ちょうどそのときハビエルが戻り、父親に冷たい視線を送った。「悪いけど、ちょっと出かけてくる。用事ができた」彼はアンとジェイミに向かって言い、ローズには見向きもしなかった。そして、父親に激しい調子で何か言い、出ていった。

「ご覧のとおりだ」老人は茶色の瞳を曇らせ、息子が姿を消したドアを顎でしゃくってみせた。「息子が後継者を残さないのは、もう目に見えている。客をほったらかしにして――」老人は口をつぐみ、ベルを鳴らしてマックスを呼んだ。「すまないが、先にやすませてもらうよ。若い者同士で楽しんでくれたまえ」ドン・パブロはマックスに付き添われ、ダイニングルームをあとにした。

アンがくすくす笑った。「ちょっとしたドラマだったわね」

「どうってことないよ」ジェイミが言った。「あの親子はいつもあんな感じさ。タイプが似すぎていて、一緒に暮らすのは無理なんだ」

ハビエルと一緒に暮らせる人など、この宇宙にいるかしら？　自分に絶対の自信を持ち、思いどおりに事を運ぼうとするハビエル。年老いた父親を平気でののしるハビエル。「ジェイミ、あなたスペイン語がわかるんでしょう。さっき親子で何を言い合っていたの？」ローズは好奇心に駆られて尋ねた。

ジェイミはにやりとした。「叔父さんが愛人に会いに行ったんで、おじいさんは腹を立てた。電話は、愛人からだったんだ」

アンはジェイミを小突いた。「あなたは叔父さん似じゃないでしょうね。もしそんなことをしたら、絞め殺しちゃうわよ」

ローズには従妹《いとこ》の気持ちがよくわかった。わたしだってハビエルの首を絞めたい。だが、若いカップルを見ているうちに、ハビエルとの結婚を決めて正解だったと思えてきた。ジェイミはアンを愛している。ハビエルみたいな冷血動物に、二人の仲を裂かせてなるものですか。

コーヒーのあとローズは二人におやすみを言い、寝室に下がった。頭が割れそうに痛い。最悪の一日だった。ハビエルは満足しているのだろう。今ごろは愛人の腕の中におさまり……。

寝る準備ができても、ローズは穏やかな気分になれなかった。ドン・パブロと会った今、結婚したいというハビエルの気持ちはわからなくもない。でも、彼が言うような結婚生活を送るのは困難だ。彼に触れられただけで体に火がついてしまうのに！

ローズは丈の短い白のパジャマ姿で、落ち着きなく広い寝室を歩きまわった。緊張しすぎていて眠れない。こんなことなら、まだ若い二人と一緒にいればよかった。目付役なのだから。

何が目付役よ。ハビエルはまんまとわたしをだまし、スペインに連れてきたんだわ！

ローズは窓辺で立ち止まり、中庭《パティオ》を見下ろした。

赤いフェラーリがアーチをくぐって入ってくる。ハビエルが早くも愛人宅から戻ってきたのだ。車から降りた彼は、ローズが見下ろしているのを察したかのように、まっすぐ窓のほうを見あげた。ローズは慌てて後ろに下がったが、彼が上着とネクタイをつけていないことを見届けていた。

ローズはむなしさを振り払い、彼に愛人がいてよかったと自分に言い聞かせた。成熟した妻が欲しい、とハビエルは言った。彼が望んでいるのは〝自分をしっかり持っていて、冷静にふるまえる女性〟なのだ。じきに医師業を再開しよう。ドン・パブロを思うと悲しくなる。三カ月の休暇が終わるまで、彼の命はもつまい。前向きに考えなくては。ハビエルと結婚すれば、少なくともアンとジェイミとドン・パブロの三人を幸せにできる。スペインで長い休暇を過ごすと思えばいい。ハビエルとベッドを共にすることはないだろう。ローズは目を閉じた。

何度も寝返りを打ってみるが、なぜか筋肉がひどくこわばっている。ハビエルが一糸まとわぬ姿でベッドに横たわっている光景が脳裏に浮かぶ。天にものぼる歓喜を約束してくれる男らしい体を、彼女は今も鮮明に覚えていた。ローズはうめいて頭を枕《まくら》にうずめ、眠らせてと神に祈った。

翌朝、ローズが朝食用の部屋へ入っていくと、すぐさまハビエルがほほ笑みかけてきた。

「おはよう、ロザリン。今日は楽しそうだね」ハビエルは彼女の美しい体の線を無遠慮に見まわした。

ローズはブラジャーもつけず、鮮やかなプリント柄の赤いコットンドレスにサンダルという軽装だった。肩紐《かたひも》は細く、スカートは太腿を半分だけ隠している。暑くてこれ以上何も身につけたくなかった。

あからさまな求愛が始まったわけね。ローズは心の中で冷笑したが、顔には出さなかった。「ありがとう、ハビエル」彼の名を口にするときは思わずむせそうになったけれど。

「どういたしまして。残念だけど、午前中は君と一緒に過ごせないんだ」ハビエルはそれからわざとらしく、先に着席していたアンとジェイミに声をかけた。「もちろん、君たちともね。三人で街を探索したらいい。でも、一時までには絶対に帰ってくるんだよ。昼食がすんだらアシエンダに行くから」

そんなわけでローズは今、街中で真昼の太陽にじりじりと焼かれていた。セビーリャの古い街は狭い路地が複雑に入り組み、アンたちとはぐれてしまったのだ。二人を捜してもう一時間以上も歩きまわっている。暑くて喉が渇き、くたくただ。ここはどこなのだろう。オレンジの並木道から別の路地に入ってみる。進んでいくと、カフェの路上テラスに女性がひとり座っているのが見えた。ローズもひと休みしたくなり、薄汚れた白いプラスチック製の椅子に腰を下ろした。店内から現れた粗野な感じの男性に、コーヒーと水を一杯注文した。

喉の渇きもおさまり、ぼんやりあたりを見ていると、周囲の古びた建物からよどんだ空気が漂ってくるように感じられる。見知らぬ男性が立ち止まり、ローズに話しかけた。何を言われているのか見当もつかない。ローズは愛想笑いを浮かべたものの、いきなりその男性に腕をつかまれ、飛びあがった。彼女は男性を振りきって薄暗い店内に駆けこみ、支払いをしようとバッグを開けた。

うかつにもほどがある。ローズは自分の愚かさを呪《のろ》った。イギリスの貨幣しか持ち合わせていない。店長はクレジットカードでの支払いを拒否し、店から出るなと言った。彼女は現金自動支払機で現金を引き出すからと説明を試みたが、店長はスペイン語でののしり、ローズに理解できたのは警察《ポリシーア》という単語だけだった。

ローズはついにハビエル・バルデスピノの名を告

げ、電話するよう身ぶりで頼んだ。

店長はその名を繰り返し、彼女をじろりと見て尋ねた。「名前は？」

「ドクター・ロザリン・メイよ」彼がカウンターの電話に手を伸ばすのを見て、ローズは安堵《あんど》した。

スペイン語でのやり取りが続いたあと、店長は態度を一変させ、にこやかに受話器をローズに渡した。

「自分のしていることがわかっているのか、ロザリン？」受話器の向こうでハビエルがほえた。「で、アンとジェイミはどこにいる？」

「見失ってしまったのよ」ローズは言い返した。どなりつけられ、気分を害していた。

「なんだって！　外に出るのは危険だ。僕が行くまで待ってろ。いいか、店から一歩も出るな。誰にも話しかけるな。欲しいものがあれば店長が出してくれる。わかったか？」

「わかったわ」弱々しくうなずくしかなかった。

その直後、店長はローズの背を押すようにしてテラスに行かせ、椅子をきれいにふいてから彼女を座らせた。ワインボトルと磨き抜かれたグラスが運ばれ、店長が隣に腰を下ろした。彼女を見張っている感じだった。

十分後、赤いフェラーリが猛スピードでやってくるのを見て、ローズは心底ほっとした。車は派手にタイヤをきしませ、カフェの前に止まった。ドアが勢いよく開き、ハビエルが姿を現した。ほほ笑みを浮かべかけていたローズは、彼の表情を見て顔色を変え、目を伏せた。ハビエルは仕立てのいいクリーム色のズボンに渋い緑色の半袖シャツという姿で、胸もとを大きく開けている。

「ロザリン」仕方なく顔を上げたローズは、ハビエルの顔つきに身を震わせた。彼の表情は、激怒などという生やさしいものではなかった。

7

ハビエルはたった二歩でローズの隣にやってきた。瞳に激しい怒りをたぎらせ、頬の筋肉を引きつらせて。「なんのつもりだ？」

「わたしは……」

「黙れ」

ハビエルはローズを無視し、店長としばらく言葉を交わした。そして多すぎるほどの札束を店長に渡してから、ようやく彼女に向き直った。

「大丈夫だったか？」ハビエルは耳ざわりな声で言い、ローズのほっそりした体を子細に眺めた。

ローズは肩をすくめた。「大丈夫よ。道に迷って、熱気で焦げそうになっただけ」

「それですんで幸せだったな」ハビエルは皮肉り、彼女の二の腕をつかんで立たせた。「行くぞ」獲物をしとめる鷹《たか》のような目つきで、ローズをフェラーリの助手席に手荒く押しこみ、ドアを力任せに閉めた。車はすぐに発進した。

ローズは何か言わなければと思いながら、ハビエルの厳しい顔を横目で見た。視線をシャツの襟もとへ移したとき、顎の傷が鎖骨まで続いているのが見えた。そういえば、これまでどんなに暑くても、ハビエルは開襟シャツを着ていなかった。

「その傷どうしたの？」問いかけの言葉が口をついて出た。

「いい加減にしろ！」車の中にハビエルの怒声が響いた。「君は冒険が好きなんだろうが、命が惜しければ家に着くまで黙っていろ」

冒険ですって？　ハビエルの尋常でない怒りようをいぶかりつつ、ローズは謝った。「話しかけて悪かったわ」

重苦しい沈黙が続き、今にも切れてしまいそうなほど、ローズの神経は張りつめていた。

やがて家に着き、ハビエルはタイヤをきしませて玄関前に車を止めた。車から引きずりだされたローズは石段をのぼらされ、涼しい家の中へと連れていかれた。

ローズはホールの中央で足を踏ん張った。「現金を持っていなくてあなたを呼びだしたのは、わたしの責任じゃないわ。いきなりスペインに連れてこられたんだもの」

ハビエルはローズのむきだしの腕に指を食いこませ、反抗的な顔を傲然《ごうぜん》と見下ろした。「書斎に来るんだ」

ローズは彼に従ってずらりと本の並ぶ部屋に入った。ドアが閉まり、鍵《かぎ》がかけられる。

「道に迷ったくらい、どうってことないでしょう」

ハビエルはローズを強引に自分のほうへ向かせた。

「売春地帯で迷ったのがどうってことないだと？　それとも、自分にふさわしい場所を見つけたというわけか？」

ハビエルの声は低く、危険に満ちていたが、ローズは〝売春地帯〟という言葉に気を取られていた。

「何があった？　近づいてきた男性には魅力を感じなかったのか？」

「男性が話しかけてきたなんて、よくわかったわね？」

「店長が喜んで話してくれたよ。君が客引きに費やした時間に見合う料金を払え、とね」

ローズの顔から血の気が引いた。「客引き――」言葉を切り、厳しい表情のハビエルをじっと見つめた。冗談だと言ってほしい。「あのカフェには女性がいたから、それでわたしも……」ローズは自分の愚かさに気づき、息をのんだ。

「そのレディは客を待っていたのさ。代金の一パーセントがカフェの店長に入るしくみだ。君の場合も同じだった」

「まあ！」ローズは思わず叫んだが、笑いがこみあげてくる。「店長はわたしが客引きをしていると思ったの？」ついに彼女は吹きだした。かの有名なハビエル・バルデスピノが、売春婦の片棒をかつぐ羽目になるなんて、滑稽《こっけい》のきわみだわ。

「そんなにおかしいか？　声をかけてきた男性が君の反応をノーと受け止めなくても、君は笑っていられるのか？」ハビエルは素早く片手をローズの腰にまわして引き寄せ、身をかがめてキスをした。「どうなんだ？」唇を重ねたまま問いただす。

ローズは抗議しようと口を開きかけたが、彼の唇でふさがれた。彼女はみじめな敗北感を味わった。心臓の鼓動が耳の奥でこだましている。ハビエルは片手をヒップにまわし、欲望に硬くなっている下半身を彼女に押しつけながら、もう片方の手をドレスのトップの下に滑りこませ、ふくよかな胸の先端を親指で軽く刺激した。

ローズの理性は抵抗せよと命じていた。ハビエルは動物的な本能のままに行動しているだけだ、と。だが、体は十年前と変わらぬ激しい欲求にいともたやすく屈した。ローズはほっそりした腕を彼の首にからませ、否定しようのない欲望に身を震わせた。

ハビエルが顔を上げ、再びゆっくりと胸を愛撫《あいぶ》し始めると、ローズはうめいた。「やめて」

「君にできる抵抗はそれだけか？」ハビエルは冷笑を浮かべ、ローズの顔を上向かせた。

「もう一度ためしてみろ、ロザリン」

「無理よ」ローズはうなだれ、彼の首にまわしていた腕をだらりと垂らした。この三日間、意識の奥でぼんやり響いていた声が、今はっきりと聞こえた。わたしはハビエルに恋をしているの？　わからない。

でも、我が身を守ろうという気持ちは、彼に触れられた瞬間に消えてしまう。ほかの男性なら、こんなふうにならないのに。天にものぼる思いを味わわせてくれるのはハビエルただひとり。抱きしめられ、なつかしい彼の香りに包まれた今、ローズの全神経、全細胞は、彼こそ求めていた男性だと叫んでいた。十年たっても、百年たっても、この体はハビエルを求め続けるだろう。ローズはぞっとした。

「そう、無理だ」ハビエルは外れていたドレスの肩《かた》紐《ひも》をかけ直し、ローズから手を離した。「君は感覚の奴隷だからな。結婚したら、君に厳重な見張りをつけないと」

ローズはかっとなり、先ほどまでの弱気から立ち直った。彼はわたしが娼婦《しょうふ》同然だと思っている。なぜそんなふうに思うのだろう。でも、いいわ。どんな男性にもなびく女だと思っていればいい。わたしをとろけさせるのは彼だけだ、などと知られてなるものですか。「愛人とよろしくやっていればいいでしょう。わたしのことはほっといて。自分の面倒くらい自分で見られるから」冷酷な瞳に射すくめられ、ローズは思わず目をそらした。

「もう愛人はいらない。今の反応を見たら、君で充分だと思えてきた」ハビエルは穏やかにつけ加えた。「少なくとも、当分の間はね」

ローズはきっと顔を上げた。嘘《うそ》よ、ゆうべも愛人と一緒だったくせに。

そのとき書斎のドアがノックされ、ジェイミの声が聞こえてきた。「叔父さん、今いいかな?」

ハビエルはローズの脇《わき》を通り、鍵を開けた。「僕もおまえに話がある」

書斎に入ったジェイミは目を丸くし、叔父を、そしてローズを見やった。ローズの髪は乱れ、唇は腫《は》れている。

「そうか、叔父さんがローズを見つけたんだ」ジェイミはハビエルを見て、にやりとした。「それとも、アンと僕みたいに、叔父さんたちも一緒だったのかな?」

ハビエルはローズの腕を強くつかみ、廊下へと促した。「ジェイミは僕に任せ、君は部屋に戻っていたまえ」優しい声がかえって不気味だった。

ドアが閉まると同時に、ハビエルが激しくジェイミを責める声がもれてきた。ローズは若者が哀れに思えたが、哀れむべきは自分自身だった。暴君ハビエルに心をずたずたに引き裂かれてもなお、体は彼を求めている。わたしは根っからの女性なのだ、と思わずにいられない。医者として女性の権利のために闘ってきたローズは、横暴な男性に服従する弱い女性たちに絶望していた。しかし、今は彼女自身がそんな女性たちと大差ない状況に追いこまれていた。

ローズはダイニングルームにいちばん最後に入っていった。ハビエルがすかさず席を立ち、椅子を引く。ドン・パブロも席を立とうとした。

「どうか、そのままで。わたしが遅れたんですから」ローズは老人を制し、席に着いた。

「レディに礼儀を尽くすのは、昔は紳士のたしなみだった」ドン・パブロは椅子の背にもたれ、座ったままのジェイミを冷ややかに見た。「今どきの若い者は忘れてしまったようだ」

「忘れたのはそれだけじゃない」ハビエルはローズの隣の席に着き、ジェイミをにらみつけた。

ローズを迷わせたジェイミとアンはまだハビエルに許されていないらしい。ローズはマックスについでもらったワインをひと口飲んだ。

「何が不満なんだよ。叔父さんは僕たちのおかげで、美女を救い出す騎士《ナイト》の役を演じられたじゃないか」

ジェイミが生意気な口をきく。

ドン・パブロに説明を求められ、ジェイミはローズの失敗を楽しそうに語った。ドン・パブロはしわだらけの顔に満面の笑みを浮かべ、ローズの顔を見てスペイン語で何か言った。ハビエルとジェイミはローズを見やり、どっと笑った。

ローズは顔を赤らめた。何を言われたのか見当もつかないにしろ、男性たちの笑いものにされるのは耐えられない。「どうしてジェイミに話したりしたの?」ローズはハビエルに詰め寄った。

「ついかっとなってね。女性を守るという義務を怠った男にはどういう結果が待ち受けているか、きつく言い聞かせてやったよ」ハビエルは声をひそめながらも、口もとには笑みを浮かべている。「まさかあいつがこの場で話題にするとは思わなかった。許してくれ」

二人が親密そうに話している様子をドン・パブロが楽しげに見つめているのに気づき、ローズはワインをもうひと口飲み、何食わぬ顔で応じた。「もちろんよ」

惨憺《さんたん》たる昼食だった。ハビエルは求婚者役を熱演し続け、ローズは終始むっつりとしていた。冷たい瞳は彼女を見るたびに温かみを帯び、彼女を恥じらわせたり憤慨させたりした。テーブルの下で太腿をさすられると、ローズは飛びあがりそうになった。彼女がグラスの中身を意地悪く笑う顔に浴びせなかったのは、まさに意志の力のたまものだった。


「きれいな家ね。湖も蜃気楼《しんきろう》みたい」

その日の午後、ローズはベンチに座ってアンと話していた。二人は横に長く伸びた平屋の裏のテラスにいた。ベンチはジャカランダの大木を丸く取り囲んでいる。眼下には別のテラスがあり、その下にもテラスがある。さらに下では、宝石のようにきらめく湖水が静かに岸を洗っている。アシエンダへの旅は無事に終わった。幸い、ローズはドン・パブロとマックス夫妻、それにアンと一緒に大型車で移動できた。ハビエルとジェイミはフェラーリだ。

「のんびりするにはいいけど、ちょっと退屈だわ」アンはつぶやいた。「ジェイミが言ってたけど、この辺にはしゃれたお店とか何もないんだって」

「哀れな人ね」ローズはからかった。しだいに気分がくつろいでいくのがわかる。

ジェイミとハビエルは、庭で従業員たちとサッカーに興じている。ドン・パブロは長旅で疲れたのか、早々と自室に下がった。夕食も部屋ですませると言うので、ディナーはアンダルシア式に十時と決まった。

アンは愛らしい顔に深刻な表情を浮かべ、心もち身を乗りだした。「自分でもそう思う。あなたのことは心配ないと思っていたけど、もう少しで危ない目に遭うところだったのよね。ハビエルと仲よくしてってお願いしたけれど……。あなたを見るときの彼の目つきは穏やかとは言いがたいし、あなたたち二人が書斎に鍵をかけて閉じこもっていたこともジェイミから聞いたわ。あなたはわたしより年上で、世間をよく知っているけれど、男の人に関して厄介な思いをしたことはないでしょう？　砂漠で何年も過ごしていたんだもの。ハビエルみたいな人が相手だと、傷ついてしまうんじゃないかしら」

「大丈夫よ。自分のしていることくらい、ちゃんとわかっているから」

ローズはアンの気遣いに心を打たれ、涙ぐんだ。でも、アンはすでにハビエルの様子に気づいている。彼の要求をのむしかない。ローズは従妹《いとこ》に腕をまわし、強く抱きしめた。

「もう大人だし、あなたが思っているほどうぶでもないのよ」

アンはにやりとした。「よかった。ジェイミともう少しでけんかするところだったの。あなたは自分で自分の面倒を見られる人だと彼は言うのよ。でも、愛人がいる男性はほかの女の人に手を出すべきじゃないわ。ハビエルには奥さんがいないんだし、つき合っている人がいるなら、家に連れてくればいいのよ」

ローズはくすっと笑った。急に自分がひどく年をとってしまったように感じた。従妹は思っていたほどすれていない。ローズはアンをもう一度抱きしめ、腕時計を見やって立ちあがった。「行きましょうか。そろそろ食事の時間よ」

ディナーの間ずっと、ハビエルはホスト役を完璧《かんぺき》にこなしていた。ドン・パブロがいないので、格式張った雰囲気はない。

「セビーリャに滞在したら必ず田舎に戻ってくるのが我が家の伝統なんだ」ハビエルは言った。

また伝統なのね。ローズは顔をしかめた。車と女性が大好きで、有能なビジネスマンとして世間に認められているくせに、考え方ときたらまるで古代ムーア人と同じなんだから。機会があれば、ハーレムを作るんじゃないかしら……。

「若い恋人たちに」ハビエルはほほ笑み、シャンパンの入った細長いグラスをジェイミとアンのほうにかざした。「末永く幸せにな」彼の微笑はローズに警告を発していた。

必死の思いで笑顔を作り、ローズも乾杯に加わる。「アンとジェイミのために」グラスを持ちあげ、ぐいとひと口飲んだ。ハビエルの無言のメッセージが聞こえてくる。僕の言うとおりにしないと、二人の幸せは続かないぞ。

ローズはほとんど料理を口にしなかった。暑さのせいだと言いわけしたが、本当はハビエルが放つ威圧感にへきえきしていた。

ローズを見つめるハビエルの目はいつも優しい。食事の間じゅう見つめられ、彼女は友人らしい雰囲気を保つのが難しくなってきた。グラスを口に運ぼうとしたとき、むきだしの腕に指を這《は》わされ、手がかすかに震えた。何度シャンパンをおかわりしたかも覚えていない。グラスが空になると、ハビエルがすぐにつぎ足した。コーヒーが運ばれてきたころには、ローズはぼうっとして心の痛みさえ忘れかけていた。

「ごちそうさま。散歩に行ってくる」ジェイミはアンを従え、真っ先に席を立った。

ローズは陽気に笑った。「だめよ、お目付役がいるんだから。一緒に行くわ」立ちあがった瞬間、かすかに体がふらついた。

ハビエルは笑い、席を立ってローズの腕に手をかけた。「二人きりにしてやれよ、ロザリン。君を部屋まで送ろう」

「目付役としてスペインに来いと言ったのはあなたでしょう！　急に態度を変えるなんて」ローズは彼を横目でにらみ、けんか腰で言った。

「避けられないものには屈するしかない。君だってそうなる」ハビエルは静かに言いながら、ローズを自分のほうに向かせた。彼がすぐそばにいるだけで、腕に手をあてがわれているだけで、ローズの胃の中で何羽もの蝶《ちょう》が激しく羽ばたいた。彼は長い指で顎を上げさせ、美しい顔をじっと見つめた。多少酔っていても、彼の瞳の奥に警告の色が浮かんでいるのは見て取れた。

ローズは不意に疲れを覚えた。ジェイミがアンと部屋を出ていくときにほほ笑みを浮かべるのさえおっくうだった。

「ハビエル叔父さん、ローズの面倒をちゃんと見てくれよ」

「生意気な子ね」ローズはつぶやいたが、ハビエルが肩に腕をまわしても拒まなかった。

「寝たほうがいいよ、ロザリン」

一瞬ローズが警戒の色を浮かべると、ハビエルは不気味にほほ笑んだ。

「今は……自分のベッドでね」

翌朝目覚めたローズは、頭が割れるように痛んだ。誰かが服を脱がせ、そっとベッドに寝かせてくれたのはおぼろげながら覚えている。冷たいコットンシーツをかけられ、温かい唇が額をかすめたことも。

ローズはうめいた。アルコールには弱く、ワインは二杯が限度だった。みじめな気分でベッドから這いだし、シャワールームで頭がすっきりするまで冷たい水しぶきを浴びていた。

ドライヤーで手早く髪を乾かしたローズは、寝室に戻って白いショートパンツと青いクロップトトップを身につけ、広いテラスに面した両開きの窓を開け放った。朝日に一瞬目がくらむ。外気は生ぬるいものの、とても新鮮だ。彼女は大きく深呼吸をした。

寝室は家の裏手にあり、テラスのある庭と湖に面していた。湖水から鳥の群れが飛び立ち、遠い山へ弧を描いて飛んでいく。わたしも一緒に飛んでいけたらいいのに。ローズはため息をつき、ベッドに腰を下ろして髪をとかし始めた。髪を切らなければ、と思うのはこれで何度目だろう。そのときドアをノックする音がした。アンだわ。飲みすぎを叱《しか》りに来たのね。

「どうぞ。何も言わないで。わかってるから……」

ローズは振り返り、口をぽかんと開けた。ハビエルが銀のトレイを持って立っている。コーヒーポット、ミルク壺《つぼ》、砂糖入れ、そしてカップが二つのっていた。豊かな黒髪に朝日が当たり、銀色に輝いて見える。まるでブロンズ色の神、宇宙の支配者といった趣だ。彼女の目は、黒いTシャツがくっきりと描く広い肩やたくましい胸に釘《くぎ》づけになった。Tシャツの裾《すそ》は、色あせたデニムのショートパンツに突っこんであった。

ローズの心臓は猛烈な勢いで血液を全身に送りだしていた。視線を長い脚に下ろしたときは、もう少しで声をあげるところだった。筋肉質の脚は日に焼け、褐色に輝いている。ローズは乾ききった唇を舌で湿らした。

「何がお望み？」

賢明な問いかけではなかった。ハビエルはトレイをベッド脇のテーブルに置き、彼女を見下ろした。のみで削ったような顔は石のように硬い表情を浮かべているが、口もとには残忍なくらいに官能的な笑みが宿っている。あまりに男性的な姿に、ローズは思わず息をのみ、持っていたブラシを落としてしまった。気を取り直してブラシを拾おうとしたとき、ハビエルが口を開いた。

「わかっているはずだ」彼は笑みを浮かべたまま、ローズの顎から長く優雅な首へとさりげなく撫《な》で下ろし、てのひらでうなじを包んだ。

ハビエルに触れられた部分が火のように熱くなる。ローズは彼の瞳を見すえた。「ブラシを拾っていただけるかしら？」

「冷静だね」ハビエルは眉を上げて背筋を伸ばし、誇りに満ちた女性の顔をしげしげと見つめた。「髪をとかしてあげよう。そのかわり、君はコーヒーをいれてくれ」抗議しようとしたローズにかまわず、ハビエルは彼女の隣に腰を下ろし、もつれた長い髪にそっとブラシをかけ始めた。「みごとな髪だ。深いワインレッドで、時折金色に輝く」

「日に当たりすぎて、ぱさぱさになってしまったわ」つまらないことをしゃべっている、とローズは自覚していた。だが、片方の肩をつかまれ、優しくブラシをかけてもらっていると、彼の香りとぬくもりをひどく意識してしまう。厚い胸にもたれかかりたい。「もう充分よ」いきなりテーブルに身を乗りだしたせいで髪を引っ張られ、彼女は顔をしかめた。

ハビエルは笑い、ローズを自分のほうに向かせた。

「君が相手だと、充分だという言葉は使えないよ、ロザリン」そう言って身をかがめ、キスをした。

いきなり全身に熱いものが駆けめぐり、ローズの頭はまともに働かなくなってしまった。肩に置かれた手に力がこめられ、ローズはベッドに押し倒された。キスをしたままハビエルも倒れこみ、片足で彼女の脚を開かせ、その間に身を置く。そしてやわらかな下唇を噛《か》み、なだめるように刺激を加えた。

唇でからかわれ、じらされ、ついにローズは屈した。

ハビエルは優しく喉をさすり、彼女の反応を確かめるように脈打つくぼみをそっと押す。

彼の手を胸に感じると、ローズは興奮の波にのみこまれた。両脚を彼のすねにからませて体を弓なりに反らし、彼の熱く硬いものに我が身を押し当てる。

ハビエルが欲しい。この燃えるようなうずきをしずめてもらいたい。

トップが胸の上まで押しあげられ、巧みな指が硬くとがった頂をもてあそび始めた。

ハビエルは満足げに瞳をきらめかせ、ほほ笑みながら顔を上げた。激しい欲望をもたたえるその瞳は、やがてもたらされる歓喜をローズに約束した。

ローズは彼の引き締まった腹部に指を走らせ、Tシャツの裾を引っ張りだした。手を肋骨《ろっこつ》のほうへと伸ばしたとき、ハビエルが息をのむのがわかった。

彼は急に身を起こし、立ちあがった。「だめだ」

だめって、何が？　ローズは仰向けのまま、彼を見あげた。ハビエルはシャツの裾をショートパンツに押しこんでいる。

「起きたまえ。コーヒーは僕がいれる」

ローズは呆然《ぼうぜん》として上体を起こし、トップの裾を下ろした。やけどを負ったように顔が熱い。最初に触れられた時点で、やめてと言うべきだった。拒もうとすらしなかった自分が恥ずかしい。ハビエルは自分を見失うことなく、熟練した技で意のままに彼女を操っていたのだ。

ローズは意を決して立ちあがった。顔から血の気が引き、不自然なほど白く見える。「いいわ。もう冷めちゃったでしょう」軽い調子で言いながら、ドアのほうへ向かった。「キッチンで熱いのをいただくわ」

「いい考えだ」ハビエルはローズを追い越し、礼儀正しく寝室のドアを彼女のために開けた。

目をそらしたまま彼の脇を通り過ぎたローズは、いきなり手首をつかまれた。「放して……」

「待て、ロザリン。髪が」ハビエルはローズの顔にかかった髪を後ろへ撫でつけた。「これではみんなにばれてしまうよ」

だが、彼の忠告は遅すぎた。

8

ドン・パブロが車椅子をマックスに押させて廊下を進んできた。老人は乱れた髪を肩に垂らしたローズに目を丸くし、それから息子を見やった。ハビエルは片手を彼女のウエストに添え、もう一方の手を髪に置いていた。

余命幾ばくもないドン・パブロが怒声を張りあげた。「ハビエル、おまえというやつは！　我が家の客人に手を出したのか！」老人は顔を真っ赤にし、息子に向かってスペイン語でまくしたてた。

怒りが老人の健康を損なうことを危惧《きぐ》したローズは、口をはさんだ。「お願いです、ドン・パブロ。興奮なさらないで。そんな——」ウエストに指が食いこみ、彼女は痛みにうめいた。

「僕に任せろ」ハビエルがローズを制した。

任せるって何を？　お父さまを怒らせたことすらわからないの？　ローズは刺すような視線を送ったが、彼は目を合わせようとしなかった。

「父さん、ローズが僕の妻になると同意してくれたんだよ」

ローズはぞっとして彼を見つめた。否定しようと口を開けたとたん、腰をさらに強くつかまれ、言葉に詰まった。

ドン・パブロはたいそう驚き、息子とローズを代わる代わる見ていたが、やがてローズの赤く染まった顔に目を留めた。「そうか、そうか。実にめでたい」声を震わせ、しわだらけの顔を輝かせた。目にはうれし涙が浮かんでいる。「生きてこの日を迎えるとは思わなかった。わしにキスをしておくれ」ドン・パブロはやせ細った手をローズに差しだした。

彼女はむっとしてハビエルを見やった。彼は挑戦的な笑みをたたえている。父を失望させられるかなと言わんばかりに。

ローズは唇を噛《か》んだ。ほかにどんな選択肢があるというの？　結婚すると今言っても、来週言っても大差ない。ローズはドン・パブロの手を取り、身をかがめて老人の頬にキスをした。避けられないものには屈するしかない、だ。

「さほどつらくなかっただろう」父親とマックスが急いで手近の電話に向かったあとで、ハビエルはゆっくりと言った。

「その手をどけてくれたら、賛成してもいいわ」賽《さい》は投げられた。今さら言い争ったところで無益なことはわかっている。だが、大きな手に触れられていては自分を抑えるのが苦しくなってくる。「コーヒーが飲みたいの」

「指輪もいるね」

「いらない」五分後、ハビエルの書斎で湯気の立つコーヒーカップを手にしたローズは、まだ指輪にこだわっていた。彼は壁にしつらえた金庫から何かを取りだしている。彼女はひそかにその男性的な後ろ姿を見つめていた。引き締まったヒップ、日焼けした長くたくましい脚。ショートパンツをはいた彼はあまりに刺激的だ……。

唐突にハビエルが振り返った。「指輪と結婚式が先だと思うよ」彼女の考えを完璧《かんぺき》に読んでいた。

ローズは自制心を取り戻そうとして、コーヒーをゆっくりと飲み干し、カップをテーブルに置いた。

「ハビエル、ひとつはっきりさせておきたいの。これは便宜上の結婚にすぎないのでしょう。だったら、さっきみたいなことはもう繰り返したくないわ」つまり、ベッドは共にしないということ。

「反対はしないよ」ハビエルの瞳に、ほんの一瞬だが謎《なぞ》めいた光が宿った。「これは母の指輪なんだ。君に使ってもらいたい」彼は小箱のふたを開け、てのひらにのせて差しだした。

四角いみごとなエメラルドの周囲にダイヤモンドをちりばめた指輪が、深紅のベルベットの中におさまっている。ローズは顎を心もち上げ、単刀直入に尋ねた。「あなたの奥さまはこの指輪を気に入っていたの？」

「亡くなった妻は自分で指輪を選んだ。でも、君には選択の余地などない」ハビエルはローズの左手をつかみ、薬指に指輪をはめた。「ぴったりだ。父は喜ぶだろうな」

ローズの体内で怒りがはじけた。まただ。ハビエルはまたもやわたしから選択肢を奪った。でも、今は反論できそうにない。「わかったわ。あなたのお父さまのためにはめる。そのほうが本当の結婚らしく映るでしょうし」

「やけに素直だね、ロザリン」ハビエルは皮肉な笑みを浮かべた。「いつまでその調子が続くかな」いきなりローズを抱きしめ、キスをした。

彼女は激しい怒りに駆られ、息もろくにできなかった。「なぜキスなんかするの？　誰も見ていないのに」

「月並みな言葉で許してくれるかい？　怒ったときの君はたとえようもなく美しいからさ」ハビエルは彼女の反抗的な顔を見てほほ笑んだ。

「結婚式までもう絶対にさせないから」ローズは思わず口走ったものの、ハビエルの表情にはっとした。楽しそうにほほ笑む彼は、十歳も若く見えた。

「馬に乗ろうか？　家の周辺を案内してあげよう」

ローズはクリーム色のチノパンツにはき替え、玄関ホールでハビエルと落ち合った。彼もヒップハンギングの黒いズボンにはき替えている。つばの広い帽子をかぶり、顎の下で紐《ひも》を締めている姿は、息をのむほど魅力的で、危険でもあった。こんな男性を嫌いになれるはずがない。ローズはハビエルを意識するあまり、息苦しくなった。

「帽子がいるな」ハビエルはホールのテーブルからクリーム色のつば広帽子を取り、ローズの頭にぽんとのせた。「真夏の太陽はきつすぎる。昼食も用意した」彼は同じテーブルから四角い包みを取った。

アシエンダから右手へ少し歩くと、厩《うまや》と納屋があった。小柄な厩《きゅう》務《む》員が、おとなしそうな栗毛《くりげ》の雌馬を引いてやってきた。ハビエルはローズが無事に馬に乗ったのを見届け、厩務員が続いて連れてきた黒い雄馬の鞍《くら》袋に昼食の包みを入れた。

ローズはハビエルがしなやかに馬にまたがるさまを見つめていた。彼と黒馬はみごとなペアをなしている。わたしともそうであってほしい……。雌馬はおとなしく雄馬のあとに続いた。

パドックを出ると、ハビエルは馬の歩みを止めて振り返った。瞳が日光に反射し、きらめいている。

彼は、ローズの頭のてっぺんから馬体をしっかりとはさんでいる長い脚へと視線を走らせた。

「申し分ない姿勢だ。それなら大丈夫だな。さあ、行こう」ハビエルはいたずらっぽい笑みを投げかけ、前方を向くやいなや馬を疾駆させた。

傲慢《ごうまん》でいばりくさったビジネス界の大物が、命知らずのカウボーイに変身するとは。ローズは意味ありげに笑い、踵《かかと》で馬の腹を優しく蹴《け》った。

空は晴れ渡り、太陽は熱く、湖面はダイヤモンドをまき散らしたようにまぶしく輝いている。馬を走らせながら、ローズは高揚した気分を味わっていた。

やがて二人は馬を木の幹につなぎ、マルタが用意した昼食を広げた。ローズはあたりの景色にうっとりとした。

おなかがいっぱいになり、木にもたれて座っていると、ハビエルがそばにいてもリラックスできそうな気がしてきた。「ここを離れようなんて、よく思えるわね」遠方に、オリーブの林が乾いた大地を切り分けるように伸びている。ひまわり畑もあり、牛が草をはむ姿も見える。そのはるか向こうには、ごつごつした山並みが続いていた。

ハビエルはローズの隣に寝そべり、片肘で頭を支えて彼女を見あげた。「仕事で出かけるだけさ。ハイテク技術のおかげで、たいていは家にいながら銀行やその他の仕事を管理できる」

「そうね」ローズは少しも納得していなかった。悪名高いプレイボーイのくせに。亡くなった奥さんを深く愛するあまり、悪い癖が直ったのかしら？　信じられないわ。

ハビエルは彼女の美しい顔を探るように見つめていた。「僕を信じていないみたいだね」彼はさりげなく片手を彼女の太腿に置いた。「図星かな？」

チノパンツの生地越しに、彼の指の感触が伝わってくる。男性的な香りも、刺激的なぬくもりも。燃えあがった欲望の炎をしずめるのは容易ではない。先ほどまでののどかな雰囲気は吹き飛び、火花の散るような緊張が生じていた。

これは男女間に起こるごく自然な化学反応だ、と内なる声がローズに語りかける。一方で、本能的な肉体の欲求に身を任せてしまったら終わりだ、と別の声が警告する。相手はハビエルなのだから。

ローズは立ちあがった。「あなたを信じるなんてとんでもないわ！　わたしが何を感じようと、何を考えようと、あなたにはどうでもいいことなんだから」嵐《あらし》のような激しさをたたえた緑色の瞳で、草の上に寝そべる男らしい体を一瞥《いちべつ》し、彼女は苦々しくつけ加えた。「これは仕事上の取り引きなのよ。あなたと一緒に教会の祭壇へ向かう前に、書類を残しておきたいわ。ジェイミとアンによくしてやるって法的に有効な契約書を作って。でないと、この取り引きは無効よ」

ハビエルの顔がこわばり、瞳に悪魔のような光がきらめいた。しかし、まもなく長いまつげがその表情を隠した。「君にも相当の努力をしてもらうからな」彼は立ちあがり、ピクニック用品をまとめ、馬のほうへ大股で歩いていった。「行こうか？」荷物を鞍袋に入れるや、彼はローズの返事を待たずに馬にまたがった。

二週間後、ローズは寝室の姿見の前に立っていた。花嫁らしく見せようと決意し、赤い巻毛をアップにして花の冠をつけた。象牙《ぞうげ》色のなめらかなサテンのドレスは、体によくなじんでいる。よけいな飾りのない古典的なデザインで、腰の細さを際立たせていた。スカートは足もとまで優雅に流れ、靴もサテン製だ。だが、ローズの心境は結婚式当日を迎えた普通の花嫁とはほど遠かった。鏡に映る緑色の瞳はあきらめの色をたたえて彼女を見返していた。

「きれいね。わたしも結婚式が待ち遠しいわ」アンが言った。

ローズは従妹《いとこ》を見やった。同じデザインで淡い緑色のドレスを着たアンは、絵に描《か》いたようなかわいらしさだ。「あなたもきれいよ」ローズは優しく言葉をかけた。

アレックスが半ば開いていたドアを強くノックした。「行くぞ。もう時間だ」

「じゃ、教会でね」アンは美しい花束をローズの手に握らせ、寝室をあとにした。アンは母親のジーンと同じ車で教会に向かう。

アレックスはローズの腕を取り、婚礼用の車へといざなった。「美しいなあ。おまえのご両親が見たら、さぞ誇らしく思っただろう」

ローズは叔父と車に乗りこみながら、泣きたい気持ちだった。ハビエルが父親に結婚すると告げ、険悪なムードでピクニックを終えたあの日以来、ローズは未来の新郎とほとんど顔を合わせていなかった。あの日のディナーの席で、彼女はみんなから祝福を受けた。翌日、ローズがプールでくつろいでいたとき、アンから電撃婚約の理由をきかれた。幸い、プールサイドにジェイミとハビエルが現れるまでに、恋に落ちたからという説明でアンは納得してくれた。

ローズは唇を噛みながら、その日のハビエルの態度を思い出していた。彼は当たりさわりのない会話をしつつ、時折ビキニ姿のローズに露骨な視線を走らせた。暑い日だったので、ジェイミが水中ポロをしようと言うと、ハビエルは辞退した。

その日からハビエルの姿をろくに見ていない。朝食のときにちょっと顔を出したかと思うと、すぐにどこかへ行ってしまう。ディナーの席では完璧なホスト役を務め、みんなの目をごまかす程度に婚約者役もこなしていた。もしもローズがこの結婚をひそかに望んでいたとしたら、希望は粉々に打ち砕かれていただろう。彼女にとって唯一の救いは、ドン・パブロの存在だった。老人が幸せそうにしているのを見るのはうれしい。息子がついに婚約し、老父は生きる力を新たに得たようだった。

ドン・パブロの夢を砕くのは忍びなく、ローズは積極的に動くことにした。次の週末はひとりで帰国し、アンとジェイミの両親を連れて戻ってきた。結婚式の細かい段取りはテレサが引き受けてくれた。それからセビーリャの街に買い物に行ったり、美容室に通ったりといろいろと忙しく、ハビエルと二人きりで話をするチャンスはなかった。

ハビエルがローズを避けているのは明らかだった。婚約を発表してからは、みんなの前で時たま頬に軽くキスをするのがせいぜいだった。つまり、父親を満足させるためだけに結婚するつもりなのだ。男性としての欲求は、愛人がしっかりと満たしているのだから……。

アレックスに強く手を握られ、ローズははっと我に返った。教会に着いたのだ。そこは湖の対岸の小さな村で、アシエンダで働く人たちの家があった。

あまりに短いドライブだった。ローズの心臓の鼓動が激しくなる。叔父の腕にすがりついて、やっとの思いで教会の扉までたどり着いた。

教会の中は暗く、一瞬何も見えなかった。目が慣れると、ローズは息をのんだ。ハビエルが上品なパールグレーのスーツに身を包み、祭壇の前に立ってこちらを見つめている。焦げ茶色の瞳に勝ち誇ったような金色の光が宿り、ローズは恐ろしくなった。彼に背を向け、逃げだしたい……。

ハビエルは一歩前に踏みだし、しずしずと進んできたローズの手を握りしめた。ローズは全身に説明のつかない震えが走り、その場を動けなくなった。ハビエルは険しい表情で花嫁を自分のほうへ引き寄せた。司祭の挨拶《あいさつ》で式が始まった。

ローズは結婚式のことをほとんど覚えていなかった。記憶に残っているのは、隣に立つ男性の圧倒的な存在感ばかりだ。結婚指輪は冷たい封印のように感じられた。司祭が抑揚をつけて〝汝《なんじ》、花嫁に口づけを〟と言ったとき、ローズは震えを抑えるのが精いっぱいだった。ハビエルは待っていたとばかりに彼女を抱きしめ、やわらかい唇を我がものにした。

彼が手を離したとき、ローズは顔を怒りに紅潮させ、浅黒い顔を見あげた。ここまでしなくても――軽く短いキスだけでも伝統は守れたはずよ。二人の間に一瞬、鋭い火花が飛び交った。

「妻よ」ハビエルはほほ笑み、ローズの手を当然のように自分の脇《わき》にはさみ、通路を歩いていった。

お決まりの写真撮影がすみ、ローズはほっと安堵《あんど》の息をついて婚礼用の車の後部座席に身を沈めた。アシエンダでみんなと再び顔を合わせるまでに、ひと休みできる。

「実にうまくいったな。それに、いとしい妻よ、君はとても美しかった」隣に座ったハビエルは、ローズのほっそりした体を無遠慮に眺めた。「そのドレスならバージンで通用する」

「これはあなたのお姉さんが選んだの。わたしが決めたんじゃないわ」ローズはぴしゃりと言った。こんな人と結婚するなんて、どうかしていた。顔を上げたローズは、黒い瞳がじっとこちらを見つめているのに気づいた。優しさのかけらもなく、浮かんでいるのは冷たさと皮肉だけだ。新しく手に入れた獲物の値踏みをする男性の目だった。

ローズは妙に傷ついていた。教会を出て間もないのに、この結婚をばかにするような言い方をされたからだ。でも、これは本当の結婚じゃないのだから、とローズは自分に言い聞かせた。

アシエンダではシャンパンがふんだんにふるまわれ、家も庭園も客であふれていた。ローズはほほ笑み続けたあげく、顔の筋肉がしびれてしまった。ハビエルはずっと彼女の腰に腕をまわしていた。

夕方近く、ハビエルは彼女の頬に口を寄せて言った。「そろそろハネムーンに旅立つ時間だよ、ロザリン。着替えを手伝おうか？」

「冗談じゃないわ！」ローズはアンがそばにいるのに気づき、つけ加えた。「花嫁の付き添いはなんのためにいると思っているの？」

ローズが着替えている間、アンはシャンパンのせいもあり、饒舌《じょうぜつ》だった。「すてきな人と結婚したわね。わたしたちにくれるお小遣いの金額を聞いて、ジェイミもわたしも感動しちゃった」

「それはきのう聞いたわ」ローズはアンを黙らせようとした。ハビエルのすばらしさはきのうさんざん聞かされていたが、アンはまだ言い足りないらしい。

ローズはデザイナーブランドのサンドレスの肩紐を整え、濃い赤褐色のジャケットとおそろいのハンドバッグを手に取った。ここを発《た》つと思うとほっとする。上機嫌なアンにはつき合いきれない。

ハビエルは玄関ホールで待っていた。ローズがやってくるのを見て背筋を伸ばし、ほほ笑みながら彼女の全身にセクシーな視線を走らせた。客のために演技しているのよ。ローズは自分にきつく言い聞かせたものの、喉もとは激しく脈打ち、彼のそばに立ったときには、神経が弓の弦のように張りつめていた。

「とてもいい」ハビエルはローズのほっそりした肩に腕をまわし、客でいっぱいの部屋を抜け、父親のもとへと向かった。ドン・パブロは身内の者に囲まれていた。テレサ、ジーン、アレックス、ジェイミ、そしてアンが次々とローズにキスをした。ローズはさりげなくアンを抱きしめた。この結婚が彼女のためであることを決して知られてはならない。

赤いフェラーリは長い私道を下り、幹線道路に出た。ハビエルがアクセルを踏むと、車はいきなり猛スピードで走りだし、ローズは座席の背にたたきつけられた。

「どうしてそんなに急ぐの？」

ハビエルは鼻を鳴らし、ローズをちらりと見やってから視線を前方に戻した。「欲求不満さ」

ローズは驚いて彼を見た。性的欲求のはけ口をわたしに求めるつもりなら、考え直してもらわなければならない。「ちょっと待って……」

「欲求不満のレーサーさ」ハビエルはあざけるように言った。

とまどったローズは、目を閉じて寝るふりをした。眠れぬ夜が幾晩も続いていたせいか、やがて彼女は本当に寝入ってしまった。

「ロザリン」夢の中でハスキーな声がした。

ため息をもらし、眠たそうに目を開けたローズは、思わず息をのんだ。眼前に焦げ茶色の瞳が迫っていた。彫りの深い顔はこわばり、瞳の奥には獰猛《どうもう》な炎が燃えている。

「着いたよ」ハビエルはあるかなしかの笑みを浮かべ、ローズのシートベルトを外した。

ローズは思わずその顔に手を伸ばしかけて、すぐに自分のしていることに気づき、その手をさりげなく髪に走らせた。「そうみたいね」

見知らぬ男性が助手席のドアを開けた。車から降りたローズに、ハビエルはその男性を紹介した。

「ロザリン、こちらはフランコだ。僕の執事と言えばいいかな」

ローズは興味をそそられた。「じゃあ、マックスは？」

「マックスとマルタは父にいつも付き添っている。フランコはこの家を管理しているんだ。以前君がここに来たときは、休暇をとっていたのさ」

スーツケースを持ったフランコに導かれ、広々とした優雅な玄関ホールをハビエルに続いて通るとき、ローズはくすくす笑っていた。モザイク模様の床を一列になって歩いているうちに、三人のエジプト人が出てくる喜劇映画を思い出したのだ。ローズは唇を強く噛み、必死で笑いをこらえた。

「何かおもしろいことがあったのかい？」ハビエルは立ち止まり、ローズの腕を取って顔を自分のほうに向かせた。日焼けした長い指は焼けつくような熱を彼女の腕にもたらし、ローズの顔から笑みを奪った。

この人はほほ笑みながら危ない挑戦状を突きつけている。「ううん、なんでもないの」愛のない結婚にユーモアなど通用しない。「お酒を飲みたいわ」アルコール類をほとんど口にしないローズには似つかわしくないせりふだった。よほど神経が参っていたのだろう。

ハビエルは張りつめた表情の彼女を凝視し、眉を上げた。「一緒に飲もう。フランコがダイニングルームに冷菜と氷で冷やしたシャンパンを用意してくれている。どうだい？」

実に礼儀正しい誘いだわ。ローズはコールドミートをろくに味わいもせず、からからの喉に流しこんだ。そしてシャンパンを少しずつ口にしたが、その間にも緊張感は息苦しいほどまでに高まっていった。

二人は意味のない言葉のやり取りに明け暮れた。結婚式はうまくいった、テレサは元気そうだ、いい天気だった……。ローズはなんとか会話を続けようと努めていたにもかかわらず、ハビエルの返事はどんどん短くなっていく。ハビエルがついに黙りこんだのを見て、ローズは立ちあがった。

「どこへ？」ハビエルは口もとを引き締め、しばらく彼女の顔を見つめていた。それからワイングラスを手に取り、僕の知ったことではないと言わんばかりにひと口飲んだ。

ローズは身をこわばらせた。「もう充分だわ」食事のことだけではなかった。結婚式は終わった。ハビエルにとって、使命は果たされたわけだ。これ以上、何を言う必要があるだろう？「荷ほどきをしてくるわ。長い一日で疲れたから」

「どうぞご自由に」ハビエルは平然と言った。「フランコが部屋に案内してくれると思う」

そういうことだったのね。「おやすみなさい」ローズはそっけなく言い、ダイニングルームをあとにした。ハビエルは引き止めなかった。

シャワーを浴び、金色の大きな天蓋《てんがい》つきベッドにもぐりこんだのは、その後三十分ほどしてからだった。荷物の中に入っていたナイトドレスは、サテンとレースで飾りたてたものだった。アンの趣味に違いない。夜が更けゆくにつれ、ローズは見捨てられたような気分を味わっていた。仰向けに寝そべり、銀色の月光が天井に揺らめくさまを見つめる。暑かったが、いつもの習慣で上掛けを顎まで引きあげ、目を閉じた。

眠っているのか、目覚めているのかよくわからない。官能的な唇が口を軽くかすめ、優しく守られている感じがする。ローズはうれしさにため息をもらし、自らその唇の感触を味わおうとした。うっすらと目を開けたものの、真っ暗で何も見えない。これは夢だわ。ローズはほっそりした両腕を差し伸べた。がっしりした男性の背中に手が当たり、やわらかいシルクの感触がした。とたんにローズは凍りついた。

暗闇《くらやみ》に目が慣れてきた。「ハビエル」彼はパジャマを着ていた。

「ほかに誰がいると思ったのかな、僕のかわいいロザリン？」焦げ茶色の瞳に炎が揺らめいている。ハビエルに間違いない。

ローズは伸ばしていた腕で彼を反射的に押しのけようとした。片手でパジャマをつかみ、もう片方の手をたくましい胸に押し当てる。火のように熱い。ハビエルは難なく彼女の両手をとらえ、のしかかった。

「何をするつもり?」自分でもあきれるほど力のない声だった。漆黒の闇の中で彼の香りと重みを感じているうちに、ローズは十年前と同じくハビエルのあやしい魔法にかかってしまった。

低くてハスキーな笑い声と熱く激しいキスが、彼の返事だった。

ローズは抵抗しようとした。目を閉じ、何も感じてはいけないと自分に強く言い聞かせたが、目を閉じるとよけいに感覚が鋭敏になる。抗議するために口を開いた瞬間、ハビエルはすかさずキスを深めた。彼の強い鼓動が胸に響く。熱く硬いものを太腿に押しつけられ、官能的な唇で貪欲《どんよく》に求められて、ローズはめくるめく感覚に押し流された。欲望に火がつき、彼女は果敢に彼の唇を求めた。

やがてハビエルは唇をほっそりした喉へと滑らせながら、空いているほうの手でナイトドレスの肩紐を外し、なめらかな胸をつかんだ。

硬くなったその頂を親指と人差し指で転がされ、ローズは低くうめいた。言葉にならない快感が体の中ではじけている。少しでもこの思いを彼に伝えたい。ローズは手首を曲げ、彼に触れようとした。

「ロザリン」ハビエルは手に力をこめ、顔を上げて彼女の瞳を見下ろした。「最初はこうしないとね」

素早くナイトドレスをはぎ取る。彼が一度引っ張っただけで、肩紐はちぎれた。

心臓の鼓動が耳の奥でこだましている。ハビエルを止めなくてはと焦る一方で、暗くて彼のすばらしい肉体がはっきり見えないのを残念に思う自分がいた。

「ああ、これを夢見ていたんだ」吐息でローズの頬を優しく撫《な》でるようにささやき、ハビエルは彼女の唇をそっと噛みながら胸に触れた。

ローズは欲望のとりこになり、ほかのことなどもう何も考えられなかった。ハビエルが唇で胸を味わい始めると、激しい快感が次々に押し寄せてきた。

彼はさらに手を下ろし、ローズの熱く湿った部分に触れた。手首を押さえつけられていたローズは思わず頭をのけぞらせ、身を反らした。歓喜の荒波に全身が粉々に砕け散ってしまいそうだ。叫び声をあげたローズをハビエルは唇でふさぎ、腰の下に手を差し入れ、彼女を貫いた。

「ハビエル」ローズのうめき声を聞き、彼はゆっくりと動き始めた。ローズは身も心も魂も満たされていった。深くうずくような快感が高まり、ついに耐えきれなくなって彼の名を叫ぶ。二人は同時に絶頂を迎えた。

しばらくして、ローズは状況がのみこめてきた。がっしりしたハビエルの体が重くのしかかり、規則的な彼の鼓動が胸に伝わってくる。暗い寝室に聞こえるのは、彼が呼吸する音だけだ。

わたしは何をしてしまったの？　愚かな少女みたいに、彼のキスひとつで我を忘れてしまうなんて。ローズは厳しく自分を責めた。

「僕のかわいいセクシーなロザリン。君はちっとも変わっていなかったね」ハビエルはかすれ声でからかい、ローズの喉もとに顔をうずめ、やっと手を離した。

ローズは彼を押しのけようとして力強い肩に触れた。

簡単に彼に屈してしまった自分が恥ずかしい。おまけに、ハビエルはまだパジャマの上着を身につけたままだったなんて！

9

ローズは両腕を力なく下ろした。もうこの人から離れられない。身も心もすっかり彼にからめ取られてしまった。でも、これを愛とは呼べない。ローズは長い間闇《やみ》を見つめていた。ハビエルはまたしても、わたしの官能をいとも簡単に目覚めさせてしまった。自分が情けない。

「いやにおとなしいね、ロザリン」ハスキーな声が沈黙を破った。

ハビエルの影が眼前にぼんやりと浮かびあがる。彼は満足そうな光を瞳にたたえ、ローズの唇の輪郭を指でなぞった。

「とても激しかったんでびっくりしたよ。君をよく知らなかったら、男性とベッドに入るのは久しぶりだと思うところだった」

歓喜の絶頂から過酷な現実に突き落とされたローズには、粉々に砕かれた感情をとりすました態度で覆い隠すことしかできなかった。「つまらないことを言うのね。あなたがすごいのは認めるわ。でも、大勢の女性からそう言われているんでしょう。つまり、あなたは経験豊富ということよ。約束を守る意思に欠けているのは哀れね」

「危険な話題を持ちだしたな」ハビエルは冷たく言った。「初めて君と結ばれたあと、君から受けた仕打ちを僕はまだ覚えている。許してもいない」

もはやローズは黙っていられなかった。「わたしだって同じよ。それに、プラトニックな関係を約束して結婚を強要しておきながら……」怒りと屈辱がこみあげてきた。「嘘《うそ》つき。あなたなんか大嫌い」

「プラトニックな結婚など約束した覚えはない。君が自分に都合のいいように解釈しただけだ」ハビエルは冷淡に指摘した。「それから、嫌いというのはゆがんだ愛の告白とも言える。君は嫌いだと言いつつ僕の腕の中でとろけ、僕を切に求めていた。嘘つきはどっちだ？」

ローズはハビエルの胸を強く押しやった。だが、彼は耳ざわりな声で笑い、身をかがめて彼女の胸の頂を口に含んだ。

「やめて……」ローズは叫び、豊かな黒髪に指をからませてハビエルを引き離そうとした。

「僕が触れると胸がふくらむのも、僕を嫌っている証拠かな？」ハビエルはあざけりながら、ローズの裸身に手を滑らせていく。燃えさかる瞳で彼女を見つめ、魂まで焦がす情熱的なキスをした。

ローズは拒もうと最大限の努力をしたが、裏切り者の体は歓喜に打ち震えていた。両手は前をはだけたパジャマに伸び、温かい胸から広い肩へと愛撫《あいぶ》を加えている。指の下で彼の筋肉が震えるのが感じられた。ハビエルに降伏してしまってもいい。彼だって快感に身を震わせ、欲望に下半身を硬くしているではないか。求めているのはわたしだけじゃない。

ローズは彼のパジャマを取り去った。

二人は激しく情熱的に愛を交わした。ハビエルはローズの両手をつかみ、自分の引き締まったヒップへといざなった。ローズはなめらかな皮膚の感触を味わい、ヒップから張りのある太腿へ、そして熱い高まりへと手を滑らせた。

「ああ、ロザリン！」ハビエルはうめき、ローズの手を引きはがして彼女に覆いかぶさり、彼を求めてやまない中心部を貫いた。彼の肉体が刻む激しいリズムに、ローズは新たな歓喜を味わい、心から満たされた。

ハビエルがローズを抱き寄せ、額にかかる湿った髪をかきあげる。それから彼女の耳もとに、スペイン語で何かささやいた。ローズはため息をもらし、広い胸に顔をうずめた。そしてリズミカルな彼の鼓動を聞くうちに、いつしか眠りに落ちた。

数時間後に目覚めたローズは、ひどくとまどった。寝室はまだ暗く、ハビエルが腹部に腕をまわしている。彼女はにわかに昨夜の出来事を思い出した。またしてもハビエルの術中にはまってしまった。伸びをすると体の節々が痛い。ローズは彼の腕から逃れようと試みた。ハビエルは目を覚まさない。

彼が寝返りを打ったのを機に、ローズがベッドを抜けだそうとしたとき、誰かがドアをノックし、ハビエルの名を呼んだ。

ドアが開いて光が差しこみ、続いて寝室の明かりがついた。コーヒーのトレイを手にしたフランコが、にこやかにベッドに近づいてくる。ローズは慌ててシーツを引きあげた。

ハビエルも目を覚まして上体を起こした。「どうした?」

彼の広い背中がローズの視界をふさぐ。

「まあ!」彼女は驚きの声をあげた。ハビエルの腋《わき》の下から腰まで、大きな傷跡が川のように流れていたのだ。「いったい何があったの?」ローズは震える声で尋ねた。医者でなくても、ひどいやけどの跡だとわかる。形成外科の手術を受けたらしいが、傷はくっきりと残っていた。ひどいやけどだ。かなり苦しんだに違いない。彼女は泣きたくなった。

「出ていってくれ、フランコ」ハビエルの声が鞭《むち》のように響いた。彼は執事が出ていくのを見届けもせず、ベッドにもぐっているローズを見下ろした。自分の姿がどれほど美しいか、彼女には知る由もなかった。金褐色の髪が枕《まくら》に広がり、輝いている。唇はキスで腫《は》れ、緑色の瞳は温かみと哀れみをたたえてハビエルを見つめている。だが、彼は哀れみを受けるなどまっぴらだった。今さら遅い。

「車が衝突したらかすり傷ですむと思うか？」彼は皮肉った。「オイルが燃えたらどうなるか、医者の君ならわかるはずだ」

ローズは半身を起こし、華奢《きゃしゃ》な指でそっとケロイドをなぞった。「知らなかったわ。かわいそうに……」だからハビエルは一緒にプールに入ろうとしなかったのね。ゆうべわたしが寝たときは、窓から月の光が差しこんでいた。ハビエルが分厚いカーテンを閉めたのだろう。パジャマを着ていたのも、このせいだったのよ！

「今さら知らないふりをするな」彼女の手を振りほどいてベッドを出た彼は、ローズに鋭い一瞥《いちべつ》をくれた。「君は天使の顔で悪魔のような嘘をつく」

ローズは震えあがった。ハビエルに嘘つき呼ばわりされるのは、これが初めてではない。でも、どうして？　彼女は目を見開き、とまどいと哀れみの入りまじった表情でハビエルを見つめた。車の事故は新聞に載り、周知の事実だと彼は思っているのだろう。大きな事故に遭った者はけがに対してやや偏執的になる。ローズは職業柄そのことを知っていた。

「君に同情などしてほしくない」ハビエルはローズの表情にいらだち、吐き捨てた。「僕が欲しいのは君の体だけだ。君が僕の体を求めているのはゆうべよくわかった。だから、僕を拒絶したりするな」

権力を握る傲慢《ごうまん》な夫にも、弱みがあったとは。ローズは信じられない思いだった。彼は裸体をさらさないように努め、愛の行為の最中もローズの手を巧みに操り、背中に触れさせまいとしていたのだ。

何があったの？　いえ、傷跡のせいでハビエルを冷たく拒絶したのは誰だったの？　亡くなった奥さま？　真相はわからないが、ハビエルの気持ちを思うと胸が痛む。彼をここまで傷つけた無神経な人間の首を絞めてやりたい。その瞬間、ローズはハビエルへの愛に気づいた。今までずっと愛していたのかもしれない。

　ローズはシーツをつかむ手に力をこめた。これから先も、おそらく死ぬまで彼を愛し続けるだろう。希望を持てないままに。胸をつかれたローズは、彼に表情を読み取られまいと目を伏せた。「拒絶するつもりなんかなかったわ」

　ハビエルは皮肉っぽく口もとをゆがめた。「できれば僕を見たくないんだろう。でも、いい。〝暗闇ではどんな猫も灰色に見える〟ということわざもある」

　ローズはその言葉にぞっとした。一糸まとわぬ身であることも忘れてベッドから飛びだし、彼の前に立った。「ひどい言い方ね。わたしは――」あなたを愛していると言いかけ、ローズは唇を強く噛《か》んだ。用心深く上げた彼女の顔は真っ赤に染まっていた。

　感嘆したように裸身を見つめていたハビエルは、上向きの胸に黒ずんだ傷跡を認め、眉をわずかに寄せた。「痛かったかい？」彼はかすれ声で案じた。

「いいえ」ローズは背筋を伸ばして答えた。彼を喜ばせられる我が身が誇らしかった。

「よかった」ハビエルはつぶやき、視線を下腹部から長い脚へと移した。

　ローズも彼の体に目を奪われていた。胸は広く、脚は長い。筋肉は鋼鉄のようだ。傷は顔から肩へ、腋の下へと続いているが、少しも気にならない。

　ローズに見つめられただけで、彼の体は反応していた。彼女は全身をピンク色に染め、シャワーを浴びてくると言うなりバスルームへ駆けこんだ。背後でハビエルのハスキーな笑い声が響いた。

　シャワーを浴び終えたローズは、脱衣室のチェストの引き出しから白いレースのショーツと、同色、同素材のブラジャーを取りだした。下着をつけると、気持ちが落ち着いてくる。彼女はワードローブの扉を開け、ハンガーにかかっている緑色のコットンのドレスを手に取った。急いでドレスに頭を通し、裾《すそ》を引っ張り下ろす。

バスルームから水音が聞こえてきた。シャワーの栓を閉め忘れたのかと思い、バスルームに戻ったローズは、その場に立ちつくした。シャワーを浴びるハビエルの姿がガラス戸に透けて見える。頭をのけぞらせ、激しい水しぶきを全身に当てている。

また見とれてしまった！　ローズは目をしばたたき、慌てて寝室に引き返した。しわだらけのシーツを見て、思わずベッドから目をそらす。我が身の滅亡がここで始まったのは明らかだ。ローズはフランコが運んでくれたコーヒーをカップにつぎ、窓辺に行って分厚いカーテンを開けた。今日もよく晴れている。しかし、彼女の胸中には暗雲が立ちこめていた。

冷めきったコーヒーをすすり、ローズはあまりのまずさに顔をしかめた。だが、混乱した頭を働かせるには、カフェインの力が必要だった。ローズはコーヒーを飲み干し、窓に背を向けた。ここを出ていかなくては。だが、ドアまで行かないうちに、彼女の足が止まった。ハビエルがバスルームから出てきたのだ。黒髪は濡《ぬ》れて頭に張りつき、身につけているものといえば腰に巻きつけたバスタオルのみだ。

「わたしの寝室に押しかけても、バスルームくらい自分のを使ってほしいわ」言ってから、ローズは彼が服を手にしているのに気づいた。

「僕たち二人のバスルームだよ」ハビエルは怪訝《けげん》そうに彼女を見やり、服をベッドの上にほうり投げた。

「ちょっと待って。ここはわたしの寝室なんでしょう？」いくらハビエルを愛していても、この結婚がよりよい方向に変わる望みはない。彼は愛人を囲っていながら、わたしのベッドに入ってくる。十年前だって、わたしを卑劣なやり方で奪った。ローズは自尊心を失っていなかった。

「この金色の部屋は主寝室なんだよ、ロザリン」ハビエルは腰に巻いていたタオルを落とし、紺色のシルクのトランクスをはいた。

「でも、初めてここに来た晩、客用の寝室だってあなたは言ったわ」ローズは怒りに緑色の瞳を光らせた。その底には、心の乱れが映っている。

「いいじゃないか。最初から君をこの部屋に泊めることができてうれしかったんだ。どうしても君と結婚するつもりだったからね」

ローズは鳥肌が立った。スペインに来るよう仕組まれた、と考えるだけでも腹が立つのに、彼の口からはっきり言われると寒気をもよおす。

「十年前に僕は誓った。必ず復讐《ふくしゆう》してみせる、いつか必ず君を僕のものにしてみせる、とね。君は僕の前から姿を消したが、テレサの家でジャガーから降りるのを見られたのが運の尽きだったな」ハビエルは広い肩をすくめ、冷たい笑みを向けた。「そして僕は目的を果たしたのさ、いとしい人《ケリーダ》。思ったより簡単だった」

ローズはしばらく口がきけなかった。ゆがんだ復讐のためにわたしと結婚したなんて、信じられない。復讐を考えるとしたらわたしのほうよ、あなたじゃないわ！　皮肉な笑みを浮かべている彼の顔を殴ってやりたい。だが、ローズは自分を抑えた。「でも、なぜ？　わたしが何をしたというの？」

「十年前に君が最後に言った言葉は、たしか〝鍵《かぎ》もあなたもいらない。さようなら〟だ。そう言って君は電話を切った」

「そのせいなの？　あなたを捨てたから？」怒りのあまり、ローズの声が一オクターブも高くなる。プライドを傷つけられた腹いせに、わたしの人生をめちゃくちゃにしたというの？　女性にかしずかれてばかりいて、振られるのが我慢できなかったのね。傲慢もいいところだわ！「ドレス代に見合うい い思いをしなかったからじゃない？　卑劣な人ね」

「かもしれない」ハビエルは憤りを抑えていたが、瞳は燃え、顔の筋肉もこわばっていた。「でも、君は僕の妻になった。バルデスピノ家の花嫁は、このハーレムベッドで結婚初夜を迎える習わしだ。伝統は守られたんだよ。このベッドは多産の象徴とされている。もっとも、君は避妊しているだろうがね」

ローズは否定しかけ、口を閉ざした。かつて妊娠し、悲しい結果を迎えたことを思い出したのだ。ナイフで胸をえぐられたような痛みが走る。なぜこんな男性を愛せよう？　ハビエルはわたしの気持ちなどまるで考えてくれない。傷跡を見られたとたん、別人になってしまった。無数の傷があっても、彼の魅力や男性的な力強さにはなんの変わりもないのに。

ハビエルはベッドの上からベージュのチノパンツを取り、足を通してジッパーを上げた。それから半《はん》袖《そで》の白いシャツを着てボタンを留め、裾をズボンの中に押しこんだ。仕上げに光沢のある革のベルトを締める。「言いたいことはそれだけか？」

またもや彼に目を奪われてしまった。「いいえ」ローズは挑むように顎を上げ、彼の視線をとらえた。「あなたは伝統にしがみついているけれど、最初の奥さんには通じなかったようね。お子さんができなかったのだから」ハビエルに裏切られたと思うと、どんな言い方をしてもかまうものかという捨て鉢な気分になる。「嫡出子って言ったほうがいいかしら」愛人がいることを思えばよけいに腹立たしい。

ハビエルは二歩でローズの傍らに立った。氷のように冷たい視線に彼女は身を震わせたが、隣にそびえる巨体にひるみたくはなかった。

「亡くなった妻のことはもう二度と口にするな。会ってもいないくせに」不気味なほど静かな口調の裏に、鋼を思わせる冷徹さが感じられる。「わかったか？」

奥さまを愛していたのね。なのにハビエルは彼女を裏切り、わたしを求めた。

その瞬間、今まで何年も抱えてきた怒り、恨み、苦しみが一気に爆発した。「ええ、つくづくわかったわ！　十年前、婚約していたなんてひと言も言わずにわたしをベッドに連れこんだのと同じよ。ちっとも変わっていない。昔も今も、あなたは策を弄《ろう》する悪魔だわ」

かっとなって叫んだローズの肩を、ハビエルが強くつかんだ。「それが思い違いだと言っているんだ、ロザリン」刺すような視線を向けられ、ローズの背筋に恐怖が走った。「君と出会ってからは、もうほかの女性に血迷ったりしなかった。君は、僕を見捨てたという良心の呵責《かしやく》から逃れようと、そう言い張っているだけだ」

「ばかにしないでよ。暖炉の上にあった写真を見たんだから。セバスチャンは――」

「僕の前で彼の名を出すな」

厳しい口調で遮られ、ローズは押し黙った。

ハビエルは両手を彼女の腕に食いこませた。「自分の罪悪感のために僕の友人を中傷するのは許さない」

「わたしの罪悪感？」ローズは拳《こぶし》を固めた。

「僕はずっと君に我慢してきた。過去の行動に説明を求めたことは一度もない」

「たいした神経の持ち主ね。それとも、自分に都合のいいことしか覚えていられないのかしら」

「これ以上僕を怒らせるな、ロザリン。今まで紳士らしくふるまってきたが、我慢にも限度がある」

「あなたが紳士？　笑わせないで」ローズは吐き捨てるように言った。「あなたはわたしをいいように操り、ばかにしているだけじゃない」

「もういい」

軽蔑《けいべつ》しきったようなハビエルの表情に、ローズは身を引こうと試みた。驚いたことに、彼はあっさりと彼女から手を離した。

「過ぎたことをとやかく言っても始まらない。君は僕の妻なんだ」ハビエルはいつもの超然とした態度に戻っていた。「だから、妻らしくふるまうよう努力してもらう。君が過去につき合っていた恋人のことは不問にする。ドミニクその他の連中だ。だから、君にも同じことを要求する」官能的な唇が皮肉っぽくゆがむ。

ローズの顔に赤みが差した。恥じ入ることは何もしていないのに。ドミニクは感受性豊かで優しく、いい友だちだった。

ハビエルは続けた。「君はたったひとりの男性にしか心を許さない。残念なことに、その幸運な男性は僕じゃない」

どうしてドミニクが恋人だったとわかったのだろう？　彼の話をしたのは一度きりなのに。

ハビエルの洞察力には驚くばかりだ。だが、鋼のような性格がはっきり出ている顔を見れば、この人に挑戦するなど時間の無駄だ。多くを望まず、彼が提供してくれるもので妥協してしまおうか。ゆうべわたしは肉体的な歓喜に我を忘れた。まさかあんな喜びを再び味わえるとは思っていなかった。ハビエルがわたしを愛していないという事実は、たいして重要ではない。わたしはもう二十九歳。薔薇《ばら》色の夢を描くには年をとりすぎている。

「返事がないのは同意とみなす」ハビエルは黒い眉を片方だけ上げ、せせら笑った。「僕たちは大人同士だ。過去を告白したところでなんの得にもならないことくらいわかるだろう。いいね？」

「ええ。ただし、ひとつ条件があるわ」ローズは静かに言い、恐れを知らない緑色の瞳でハビエルを直視した。「絶対的な忠実をあなたに要求するわ」いつかはハビエルがわたしを愛してくれるようになるかもしれない。いつまでも愛人と彼を共有するなんて耐えられない。わたしはそこまでお人よしじゃない……。

ハビエルは強い感情に突き動かされたようだった。表情を変え、一歩ローズに近づいた。「もちろん約束しよう、ケリーダ。ただし、君にも絶対的な忠実を求めるからな」

ハビエルが瞳をきらめかせて手を伸ばすと、ローズはさっとあとずさった。「待って。何か忘れていやしない？」ローズは鋭く問い詰め、いぶかしげに眉を寄せる彼を凝視した。「わたしにプロポーズしたときにあなたがほのめかした愛人のことよ」

ハビエルは顔をしかめた。「僕もじきに四十歳だ。妻のいない生活を何年も送っていて、愛人がいなかったと言えば嘘になる。でも、この半年ほどは女性とベッドを共にしていない。ゆうべは本当に久しぶりだったんだ」ローズが考える間もなく、彼は彼女のうなじに手をかけ、長く激しいキスをした。彼がようやく顔を上げたとき、ローズの瞳は怒りと苦悩に満ちていた。

「こんなことをしても無駄よ、ハビエル。嘘つきと一緒に暮らすつもりはないわ」

「僕が嘘つきだって？」向き合った二人の間にすさまじい緊張が流れた。「今まで誰ひとりとして僕の言葉を疑わなかった。なのに君は――」

ローズは彼の目の前にてのひらを突きつけて制した。「セビーリャに着いた晩、ディナーの最中に電話がかかってきたでしょう。覚えている？」

ハビエルは肩をいからせ、いったんドアのほうに向かった。ローズはその広い肩を目で追った。踵《きびす》を返した彼は顔を赤く染め、高い頬骨がいっそう高く見えた。「誰が言った？　父ではないはずだ」

「あなたのお父さまが寝室に下がったあと、ジェイミが冗談めかして解説してくれたわ」

「あいつめ」ハビエルはぞっとするほど抑揚のない声で言い、ローズに歩み寄った。「でも、君はすべてを聞いたわけじゃない。それに僕は自分の行動を人に説明する趣味もない。女性に対しては特に」

ローズは勇敢にも彼と目を合わせた。「わたしはあなたの妻よ。その他大勢の女性とは違うわ」

ハビエルは張りつめた表情のローズを考え深げに見つめた。「確かに君の言うとおりだ。いいか、ロザリン。電話があったのは食事中だったが、父はその前から怒っていた。ここ二、三カ月、例のレディがたびたび電話してきたからなんだ。父も言っていたが、よき愛人というのはたまに会うのがいい。男性の自宅に電話してくるような女性は失格だ」

「あきれた！　古くさい考えね」

「だが、事実だ。電話に出てすぐ、彼女と縁を切ろうと決めた。僕には君がいたからね」

あまりの尊大さにローズは息をのんだ。「で、どうしたの？　手切れ金を払ったの？」

「そんなところだ。彼女との関係は終わったと言うだけで充分だろう。先方はとても満足していたよ」

ローズは眉をひそめた。ハビエルはそのとき愛人と最後の関係を結んだに違いない。

「金銭的に満足していたんだ。性的にという意味じゃない」ハビエルはローズの胸中を察し、あざ笑うように言った。「だから、僕の言葉や忠実さを疑うのは間違いだ」口もとに危険なほほ笑みを宿し、ローズの顎の輪郭を手でなぞる。そして、そっと、だが妙に刺激的なキスをした。

この男性を信じてもいい。信じなくてもいい。ハビエルの感触を唇に感じた今、ローズの意識の中に彼が占める割合は大きくなるばかりだった。

「心を決めてもらおう、ロザリン」彼はかすれ声で促した。「もう昼近い。腹がへって死にそうだよ」

ローズは思わずベッドを見やり、それから視線をハビエルに戻した。

雄弁な黒い眉が片方だけ上がった。「ベッドもいいけど、今は食事が先だ」まさにその瞬間ハビエルのおなかが鳴り、彼は照れたように笑った。「きのうは緊張していて、ろくに食べていなかったんだ」

ローズは、そんな彼に今までよりはるかに人間味を感じ、笑みを返した。「食事にしましょう」

「料理はできるかい？」ハビエルはドアを開けながら尋ねた。

「できないと言ったら離婚の根拠になるかしら？」

ローズは身をよじって彼の脇《わき》を通り、胸を反らした。久しぶりに心が軽くなった気がした。

廊下に出ようとした彼女の腰に、ハビエルは太い腕を巻きつけた。「いいや、ロザリン。離婚はありえない」ローズを食い入るように見つめる瞳は、信じられないほど深い色をたたえている。「君には僕の子どもの母親になってもらいたい」

ローズの心臓が一瞬止まった。十年前に連絡しようとしたとき、ハビエルはわたしが妊娠しているのを知っていたのかしら？　そこまで非情になれるものなの？　ローズは目を見開き、まばたきもせずに彼の顔を見つめた。だが、答えの手がかりになりそうなものは何も表れていなかった。

「その点を考えてくれ」ハビエルは苦笑し、ローズの後れ毛を耳にかけた。「料理は僕がする。日曜日はフランコは十一時のミサに出かけ、そのあとは休みなんだ」

「つまり、料理係としてわたしをこき使おうという魂胆ね」ローズはからかった。こうしているほうが楽だわ。いくらハビエルを愛していても、彼との間に立ちはだかる壁は消えない。あること、ある人物を話題に持ちだすのは許されないのだ。

10

朝食というか、ブランチと呼ぶべきか。とにかく楽しい食事だった。キッチンはとてもモダンな感じで、ほかの部屋とは大違いだった。十年前のあの晩同様、ハビエルの手料理はきわめておいしかった。

「ハムとスクランブルエッグは最高ね」ローズは最後のひと口分を口に運びながら言い、ステンレス製のテーブルの向かいに座っているハビエルを見やった。彼はおいしそうに食べているローズを満足げに見つめていた。

「部屋に行ってかばんとビキニを取っておいで。二、三日出かけよう」

「出かけるってどこに?」ローズは目を丸くした。

「マルベーリャに別荘がある。車で二時間ほどのところだ。海辺にあって、ここより一、二度気温が低い」

「ゆうべ着いたばかりだし、せっかくフランコが荷ほどきしてくれたのに。また荷物を詰めるとなったら、時間がかかるわ」

「ロザリン、マルベーリャではなんでも売っている。ジェット機で世界じゅうを豪遊する金持ちたちの人気の的なんだ。一緒に部屋に来てほしいというのならそうするが、出発がだいぶ遅れそうだな」

さりげなく言われただけなのに、ひどく誘惑的に聞こえる。

「決断のときだな、ロザリン」

からかうような口調に、ローズはさっと席を立った。「十分だけちょうだい」

別荘はマルベーリャの街を見下ろす小高い丘の上

にあった。曲がりくねった険しい私道をのぼりつめた先、断崖《だんがい》のへりにしがみつくように立っている。意外にもかなり新しい。

「すばらしいわ」ローズは車から出て、あたりを見まわした。庭らしいものはない。広い木の階段をのぼると、幅が七、八メートルほどのテラスが家の三方を囲んでいるのが見えた。途方もなく長い支柱が、何本も丘に埋めこまれている。「危険だけどすてきね」

「人生に危険はつきものさ。チャンスが訪れたとき、人は手の届くものを獲得する」ハビエルは食い入るようにローズを見つめ、涼しいタイル張りの玄関に入った。ローズも続く。

ホールの先にドアが二つあった。ひとつはキッチンだと説明して、ハビエルはもうひとつのドアの向こうに姿を消した。

再びハビエルのあとに続いたローズは、広々とした居間に足を踏み入れ、内部を見まわした。口をあんぐりと開けて。テラスに面した側は全面ガラス張りで、信じられないような風景が広がっている。ローズはガラスのドアを開け、外に出た。そこには長方形のプールがあり、湯を張ったジャグジーまである。彼女はテラスの手すりに腕をのせ、眼下に広がる景色に目を奪われた。マルベーリャの建物は白く輝き、マリーナはとてつもなく大きく、澄んだ青い海がどこまでも広がっている。

「騒々しい街中はハネムーンにふさわしくないかと思ってね」

ハビエルの太い声がすぐ後ろで響き、ローズは慌てて振り返った。

「父の健康のこともあるし、今はここを離れたくないんだ」

「わかるわ」二人の視線がからみ合い、急に背後の手すりが頼りなく感じられた。ハビエルの顔が揺れて見える。復讐《ふくしゅう》に燃える鷲《わし》みたい。わたしは鷲の巣にとらわれている。ローズはめまいを覚え、ハビエルのほうによろめいた。

「どうした?」ハビエルは彼女を両腕で支え、眉を寄せた。「ロザリン?」

ローズは空想を忘れようと首を振り、なんとかほほ笑んでみせた。「なんでもないわ。暑さのせいよ。ちょっと泳ごうかしら」

「それがいい。これから何本か電話をかけるけれど、終えたら僕も泳ぐかもしれない」

寝室はひとつしかなかった。広くて、テラス側は居間と同じガラス張りで眺めも一緒だが、豪華なバスルームとひと続きになっている。ローズは黒のビキニに着替え、手早く髪をまとめてテラスに戻った。ハビエルの姿はなかった。

プールの水は冷たく、ほてった肌に心地よい。だが、ほてっているのは気温のせいではなかった。たくましい夫がそばにいるだけで、いつもこうなってしまう。どうすればいいの? ローズは水をかき分けながら、懸命に知恵をしぼろうとした。わたしは何事にも百パーセントの力を出そうとしてしまう。モデル時代もそうだった。医者としても、持てる力を出しきってきた。ローズは仰向けになって水に浮かび、上司に帰国するよう言われたときのことを思い出した。

〝君のご両親は、緊急事態になると世界のどこへでも飛んでいった。しかし、二人は夫婦でもあり、君という娘もいた。君は知性と美貌《びぼう》に恵まれ、医者としての腕も確かだ。そしていつも世界の恵まれない人たちに心を寄せている。でも、そろそろ自分自身のことを、家庭を持つことを考えてもいいんじゃないか?〟

ローズは目を閉じ、両腕を広げて水に浮いていた。わたしは愛する人と結婚した。もう妊娠しているかもしれない。彼が再婚に踏みきった動機など、どうでもいい気もする。ハビエルは出会った男性の中で最高だ。わたしが家庭を持てるとしたら、ハビエルしかいない。離婚は頭にない、と彼は言う。それなら何が不満なのか。とてつもなく裕福な男性と結婚し、豪華な別荘のプールで泳いで……。

大きな手が彼女の腰をつかみ、水の中へ引きずりこんだ。ローズは必死にもがき、水面に顔を出した。

「ひどいわ」無我夢中で彼の広い肩をつかみ、咳《せ》きこんだ。

ハビエルは無言で彼女を乱暴に抱き寄せ、キスをした。巧みに唇を開かされたローズはすぐに屈し、キスを返した。

「君を見ていたら、我慢できなくなった」ハビエルは唇を喉へと這《は》わせ、激しく脈打つ場所を吸い、ローズを見つめた。「君が欲しい……今すぐ」

ハビエルはプールから出て、ローズを引きあげた。

ブロンズ色の体から水が滴り落ちている。ローズは考える間もなく彼に抱き寄せられ、唇を奪われた。ハビエルはちっぽけな黒いコットンをはぎ取り、自分のトランクスを脱ぎ捨てた。膝をついてローズをテラスに横たえ、口と手で全身をくまなく愛撫《あいぶ》する。ついにローズは声をあげた。ハビエルは欲望に瞳を陰らせ、彼女の唇と体を同時に我がものにした。

あまりに激しく、すさまじかった。ローズはこのうえない喜びに、気を失いかけた。

おもむろに目を開け、ローズは澄みきった青空を見あげた。ハビエルは隣でうつぶせになっている。広い肩はまだ震え、背中に日が当たり、ぎざぎざの傷跡が光って見えた。ローズは手を伸ばし、そこを優しく撫《な》でた。

「大丈夫？」こわごわきいてみた。

「それは僕が言うべきだろう。自制心を失ったのは初めてだ」ハビエルは立ちあがり、ローズを抱きあげた。「傷を見ても気にならない？」

「全然。もっとひどい傷をいくつも見てきたもの」

なぜかハビエルは震えているように見えた。ローズを抱いたまま、家の中へ入っていく。ローズは彼の顔を見あげた。悲しげな表情を帯び、いつもの傲《ごう》慢《まん》さはみじんも感じられない。不思議なことに、彼に抱かれていると気持ちが安らぎ、守られていると いう気分に浸れる。

ハビエルはシャワーの下に彼女を立たせ、並んで水を浴びながら、ローズの体を丁寧に洗った。ローズもお返しをした。それからまたベッドに行き……。

ローズは目を開けた。暗い。上体を起こし、窓のほうを見た。ベッドからは空しか見えない。まるで雲の中で暮らす神様になった気分だ。

「ロザリン」ハビエルがいきなり起きあがり、ローズの腕をつかんだ。「まだここにいるのか？」

荒々しい口調にローズは驚いた。「もちろんよ。平和で静かだなって思っていたの」

ハビエルは腕をローズの肩にまわして抱き寄せた。温かい息に、彼女の後れ毛がかすかに揺れる。

「気に入ってくれてよかった」ハビエルはささやき、優雅な曲線を描いているローズの喉に唇を押しつけようとした。だが、今度は彼女のおなかが鳴った。

「何か食べさせてくれるまではだめ」ローズはからかいながらハビエルを押しやった。

二人は慌ただしく車に乗りこんだ。

街に着いて車を止めると、ハビエルはローズの手を取って車から降ろした。

「レストランはすぐそこだ」さりげなく肩に腕をまわし、ハビエルは人ごみの中を進んでいった。

美しい街マルベーリャは、派手にお金を使う観光客でごった返していた。マリーナの横を通ったとき、ローズは目を丸くして叫んだ。

「ここにあるヨット全部の代金で、発展途上国の国々が抱えている債務を完済できるのに」

ハビエルは愉快そうに瞳をきらめかせた。「君は富の分配について過激な考え方をしていたんだったね。ここに連れて来るべきじゃなかった」

「そうよ。なんだか場違いな格好をしているみたいで落ち着かないわ」ローズは脚の長い金髪女性を目で追った。カーテンの金具覆いをスカート代わりに腰に巻きつけ、上はブラジャーだけといういでたちだ。ハビエルのハスキーな笑い声に、ローズは視線を彼に戻した。「笑い事じゃないわ。こんなワンピースを着ているのはわたしだけよ」

「気にするな、いとしい人《ケリーダ》。まだ着いたばかりじゃないか。明日買い物に来よう」ハビエルは肩にまわしていた腕を腰に移し、レストランへといざなった。

店内の装飾は優雅で、お金を惜しみなく注いだという感じだった。テーブルに案内されたローズはあたりを見まわした。どの客も最高級の服できらびやかに着飾っている。彼女は顔をしかめ、緑色のシンプルなワンピースに目を落とした。

「君はこの街でいちばん美しいよ」ハビエルはローズの気持ちを悟り、ゆっくり言った。「だから、気にしないで。君の分もオーダーしてあげようか？」

「ええ、お願い」どんな料理が出てくるのかしら。ローズはハビエルに笑みを返した。

食事は申し分なく、ワインもよく冷えていた。コーヒーが出されるころ、ローズはすっかりくつろいでいた。そのとき黒髪の美しい女性が二人のテーブルの前で立ち止まり、ハビエルに話しかけた。

その女性は小柄だがみごとなスタイルで、デザイナーブランドの赤いサテンのドレスを着ていた。襟もとと耳にはダイヤモンドが輝き、別れ際にハビエルに送った笑みは、宝石よりはるかにまばゆかった。ローズは胃を刺されたような気分を味わった。夫が出会うあでやかな女性たちにはとてもかなわない。そんな女性になりたいとも思わないけれど。

「何を考えている?」ハビエルがきいた。

ローズはぎょっとして彼を見た。「今のお友だちは誰かなって思っていたの。紹介してくれなかったでしょう」

「イサベルだ。僕の友人じゃない。亡くなった妻の友人だ」

ローズはハビエルの顔を探るように見つめた。変なことを言うのね。奥さんの友だちなら、当然彼の友だちでもあるはずよ。

「ロザリン、君はいつ医者になろうと決心したんだい?」

いきなり話題を変えられ、ローズは考える間もなく答えてしまった。「両親とも医者で、わたしも同じ道を進もうとずっと思っていたの。大学に入ったのは十……十九歳の九月だった」過去に触れてはならない約束だった。

けれども、ハビエルの声は明るかった。瞳には厳しい光が宿っていたが。「じゃあ、初めて出会ったとき、君はモデルを続けるつもりはなく、秋からの進学も決まっていたんだね」

「え、ええ」ハビエルがほほ笑むのを見て、ローズは不安に駆られた。「進学するつもりで、一年だけモデルをしていたのよ。でも、過去の話はしないんじゃなかった?」

ハビエルは席を立ち、紙幣を何枚かテーブルに置いてから、ローズの手を取って立たせた。「そうだったね。でも、知りたかったんだ。さあ、行こう」

太陽と海とベッドに恵まれた五日間が過ぎた。ローズは鏡の前に立ち、化粧の仕上げをしていた。マスカラを最後にすっとひと撫でして、魅惑の表情が完成した。デザイナーブランドの黒のドレスを身につけ、くるりとまわってみる。ハビエルが買うよう言い張った数多くの服のひとつだ。細い紐《ひも》を首の後ろで結ぶデザインで、襟もとは大きく開き、ゆるやかなドレープができている。背中は腰まで深く開き、床まで届くロングスカートはほっそりした腰を包み、下にいくほど細くなっている。蜘蛛《くも》の巣のような薄手のニット地にはサテン糸が織りこまれ、きらめいて見える。ドレスと同色の踵《かかと》の高いサンダルを履き、準備は整った。ローズはもう一度鏡の前に立ち、洗練された姿に大いに満足してテラスに出た。

「支度ができたな」ハビエルは手すりにもたれ、口もとに笑みを浮かべた。

「ええ」ローズは長身のしなやかな体に目を走らせ、どきっとした。あつらえさせたディナースーツを身につけた彼は、息をのむほど魅力的だった。

「君を見ているとそそられる」ハビエルは優雅な姿をほれぼれと眺め、彼女のほうにやってきた。

「だめよ」ローズは我が身を守ろうと片手を上げた。

「支度にうんと時間がかかったんだから。めちゃくちゃにしないで」

ハビエルはくすくす笑った。「あのことしか頭にないんだな。君にこれをあげたかっただけさ」彼は上着のポケットから出したビロードの箱からダイヤモンドとエメラルドのみごとなネックレスを取りだし、ローズの後ろにまわって首につけた。

ローズは思わず手を伸ばし、冷たい宝石にさわった。「これをわたしに?」小声で言いながら、ガラス戸に映る自身の姿を見た。カールした長い髪を高く結いあげているため、ネックレスのすばらしさがはっきりわかる。ローズはハビエルを見た。「美しいわ。でも、高かったんでしょう?」

ハビエルは唇の端を上げ、ほほ笑んだ。「君も美しいよ、ロザリン。これは結婚祝いなんだから、世界の貧困について論じたりしないでくれ。さあ、遅れるぞ」

パーティは、バルデスピノ銀行の顧客のひとりが所有する別荘で開かれた。マルベーリャに来て以来、ハビエルはあちこちから招待されていたが、彼が出席を決めたのはこのパーティだけだった。明日はアシエンダへ戻ることになっていた。

パーティには百人ほどの客が招かれ、ビュッフェ形式の食事やダンスを楽しむという、上品なものだった。ローズはまもなく、自分が話題の中心になっているのに気づいた。ハビエル・バルデスピノの新しい妻として、人々の注目を一身に集めている。食事のあと、ハビエルに抱かれるようにしてダンスフロアをさまよいながら、ローズは彼にそう言った。

ハビエルはきらめく瞳で彼女を見つめた。「僕の妻だからというんじゃない。君がここでいちばん美しくセクシーなレディだからだよ。女性たちは羨望《せんぼう》のまなざしで見ているし、男性陣は君とベッドを共にしたいと思っている」そのとき音楽がやんだ。彼はローズの背に手を当て、一瞬抱きしめた。

パーティのホスト役が妻を伴って近づき、ハビエルに話しかけた。髪が黒く、ずんぐりした六十代の男性は、ローズに向かい、なまりの強い英語で言った。「ちょっとご主人をお借りしたい。いいかね、ロザリン？　妻にあなたのお相手をさせよう」

「長くかからないと思う」ハビエルは瞳に官能的な色をたたえ、かすれ声で言った。

ローズは上品な笑顔で彼を見送った。一週間前に思っていたより、ずっとましな結婚生活を送れそう。ローズの口から満足げなため息がもれた。結婚を無理強いしたときのハビエルは冷たく、近寄りがたい感じだったが、今は温かみもユーモアもある。まだわたしを愛していないかもしれないけれど、じきに愛してくれそうな気がする。

ホステス役の女性が話しかけてきたものの、お互い相手の言葉がわからず、二人は途方に暮れた。幸いホステスはほかの誰かに呼ばれ、ローズはほっとして人ごみから抜け出た。

「ハビエルの奥さまかしら」

声をかけられ、ローズはさっと振り返った。レストランで会ったイサベルだった。

「こんばんは」ローズは礼儀正しく挨拶《あいさつ》した。

「ついてないわね。ハビエルにもう捨てられたの？　慣れないとだめよ。あの人はどんな女性だって捨てちゃうんだから」ローズは相手の瞳に悪意が浮かんでいるのを認めて怖くなり、あとずさった。そのとたん、誰かにぶつかった。

逃げるのに格好の口実ができ、ローズは振り向いた。「ごめんなさい」

その男性はローズより背が低いが、それなりの魅力があり、目が笑っていた。「謝らなくていいよ。それより僕と踊ってくれないか」

誘いを断ろうとしたとき、ローズは彼が誰かに気づいた。「セバスチャン」

「そうだよ」男性は腕を彼女の腰にまわし、ダンスフロアのほうへといざなった。「美しいレディ、こんなことを言うのはスペインの男性としてとてもつらいけど、君の名を覚えていないんだ」

ローズの瞳にいたずらっぽい光がきらめく。「ロザリンよ。ドクター・ロザリン・メイ」

「ああ！　思い出した。ねえ、ロザリン、最後に会った日から今日まで、何をしていたんだい？」

嘘《うそ》つきね。わたしが誰か気づいていないくせに。

ローズは吹きだしそうになった。「そうねえ」セバスチャンの肩にのせていた手を腕へと下ろし、少し体を反らして、日に焼けた顔をまっすぐのぞきこんだ。「一週間前に結婚したのよ」

「それは残念だな。僕を待つべきだったのに。でも、花嫁にキスくらいさせてくれよ」セバスチャンは口をすぼめ、ローズの頬にキスをした。「相手は誰だい？　殺してやりたいよ」彼は楽しげに傷心の求婚者を演じている。

　ローズはこらえきれなくなり、とうとう笑いだした。「セバスチャン、わたしを全然覚えていないのね。メイリンよ、十年前の。今は——」

　最後まで言えなかった。セバスチャンはローズの腰から手を離し、一瞬おびえた表情を浮かべたが、すぐにローズの背後の誰かに笑いかけた。ローズはいきなり後ろからたくましい体に引き寄せられ、首をねじって見あげた。

「今は僕の妻だ、セバスチャン」ハビエルはローズを見もせず、相手の男を見すえた。

「心からお祝いするよ。二人とも幸せになってくれ。結婚式に出られなかったのが残念だ」

「ブエノスアイレスからわざわざ呼び寄せるまでもないと思ってね。まさかこんなに早く帰ってくるとは思わなかった。仕事のほうはどうだった？」その後スペイン語での会話が続いた。

　セバスチャンはハビエルのもとで仕事をしているらしい。とても親しそうに話しこんでいる。ローズは腰にまわされたハビエルの手に自分の手を重ねた。ハビエルはその手を口に運び、指先にキスをした。

「セバスチャンにおやすみを言うんだよ、ケリーダ。僕たちはもう帰るから」

　ローズはハビエルを見あげたが、社交的な笑みを張りつけた顔には、なんの暗示も表れていない。ローズはセバスチャンに視線を戻した。「おやすみなさい。またお会いできてうれしかったわ」ハビエルはローズの手を握ったまま、出口へと向かった。

　使用人が車を駐車場から玄関前に移動させてきた。キーを受け取ったハビエルはローズを助手席に乗せ、運転席にまわってエンジンをかけた。車は地獄から飛びだした蝙蝠《こうもり》に負けない速さで走りだした。

「火事はどこ？」ローズは花崗岩《かこうがん》を削ったような険

しい表情を刻んだ横顔に尋ねた。

「黙れ」ハビエルは前方を見つめたまま命じた。

車が派手な音をたててカーブを曲がる。ローズは怖くなり、ハビエルをなだめようと彼の腿に手を置いた。「何があったの？　ホストがローン返済をしぶったとか？」

ハビエルはその手を振り払い、石のような厳とした顔つきで彼女を見やった。「違う」

「そう」ローズは彼の顔をじっと見つめた。口を固く結び、鷹《たか》のような険しい表情を浮かべている。そのとき再びカーブにさしかかり、ローズは助手席側のドアにたたきつけられた。ハビエルの心配をするどころではない。道路の向こうは切り立った絶壁だ。無事に家までたどり着けるだろうか。

車は車庫の扉にぶつかる寸前で甲高い音をたてて止まった。ローズは外に飛びだした。「わたしを道連れに死ぬつもりだったの？」

ハビエルは車の前をまわって彼女の腕を強くつかみ、引きずるようにして木の階段をのぼった。「さっさと家に入らないと、テラスから突き落とすぞ」

ローズの背中を押して居間に入った彼は、すぐに明かりをつけ、ドアを閉めた。

怒りに燃える瞳に、ローズはたじろいだ。「なんなの？　何が気に入らないの？」

「言ってほしいのか？」ハビエルは耳ざわりな声で言いつつ、二人の間の距離を詰めた。

ローズはおびえ、あとずさろうとしたが、遅かった。

ハビエルは彼女の肩をつかんで片手を後頭部にあてがい、乱暴に顔を上向かせた。「セバスチャンに会ったとたん、君は彼に抱かれてキスをしていたじゃないか」

ローズは首を横に振った。「違うわ。誤解よ、ハビエル。そんなんじゃなかったのよ」

「嘘をつくな」

「嘘なんかついていないわ」

ハビエルが手を上げた。ぶたれると思い、ローズは震えながら目を閉じた。

「ああ！　君は僕になんてことをさせるんだ」

ローズはそっと目を開けた。ハビエルは拳《こぶし》を固めた手を振りあげたまま、呆然《ぼうぜん》としている。少しして彼はその手を下ろしたが、もう片方の手は彼女の肩に食いこんだままだった。

険しい目つきのまま、ハビエルは口もとに冷たい笑みを浮かべた。激しい怒りが氷のような軽蔑《けいべつ》へと変わっていくさまは、見るだに恐ろしかった。「いや、君を責めるのは酷というものだ。君がどういう女性か知ったうえで結婚したんだからな。初めて出会ったとき、君は僕のベッドを出て、そのままセバスチャンのベッドにもぐりこんだ。今夜だって、機会があれば同じ行動をとっただろう」ハビエルはせせら笑い、妻の肩を突き放した。

ローズはよろめきつつも顔を上げ、冷たくさいなむ彼の視線をしっかりと受け止めた。わたしがセバスチャンとベッドを共に？　だからわたしのモラルがどうのこうのとあげつらったのね。ローズは激しい怒りに身をこわばらせた。「今までセバスチャンとは一度しか会っていないわ。あなたが自分の家だとわたしに思わせた、あのアパートメントで会ったきりよ」

「君に鍵《かぎ》を渡したじゃないか。忘れたのか？」

「忘れるわけないでしょう。セバスチャンが教えてくれたわ。あなたは鍵束を持っていて、女友だちにばらまいているけれど、どの鍵も合わないんですってね。あなたが彼の妹さんと婚約していたのも教えてもらったわ。婚約者の顔に泥を塗りたくないからって、女の人と一夜限りのおつき合いをするのに、彼のアパートメントを利用していることもね。あなたにとっては、それも伝統のうちなのよ」

ハビエルはゆっくりと首を横に振った。「嘘をつくなら確かな記憶力が必要だよ、ロザリン。僕が結婚を迫ったとき、君はセバスチャンに抱かれたと認めたじゃないか。ほかにも自分に都合のいいように、いろいろ忘れているんじゃないか？」

ローズはその言葉にぞっとし、結婚を押しつけられたときのことを必死で思い起こした。ハビエルはたしか、わたしが彼を見捨てる前にセバスチャンの腕に飛びこんだ、とか言っていた。まさかそれを男女の関係に結びつけていたとは。

「セバスチャンとは一度も関係を持っていないわ」ローズは頑として言い張った。「あなたほどの人なら、わかっているはずよ。わたしを信じて」だが、ハビエルの瞳にはあざけりの色がありありと浮かんでいる。こんな言いわけをしなければならないなんて。「確かにセバスチャンはわたしに腕をまわしたけれど、居間のソファでだったのよ」彼が鼻を鳴らす音が聞こえた。思いきり殴ったら、自分のことしか考えられないこの人の頭も少しは血の巡りがよくなるかしら。「彼はあなたの女癖の悪さを説明したあとで、わたしを慰めてくれたわ」

「そしてお互い燃えあがったというわけだ」

「ばか言わないで」ローズは激怒した。何もかも、もううんざりだった。「とにかく、あなたはわたしをだまして捨てたのよ」苦々しく言い放ち、踵《きびす》を返して寝室のほうへ向かう。涙があふれ出ないうちにハビエルの前から姿を消したかった。今夜はあんなに好調な滑りだしだったのに……。

ハビエルは素早く彼女の手首をとらえ、自分のほうを向かせた。「セバスチャンから聞いたよ。彼は嘘をつかない。僕が衝突事故に遭ったと彼が君のホテルに電話したとき、君は関係ないと言ったそうだな。そんな女の子が医者になろうとは！」

「あの日に事故に?」ローズは恐怖のあまり、緑色の瞳を大きく見開いた。「知らなかったわ」

「僕のことなどどうでもよかったんだろう」

「違うわ。アパートメントを出たあと、セバスチャンとは一度も話をしてないもの。あなたからの電話を切ってすぐホテルを出て空港に向かい、その日のうちにイギリスへ戻ったのよ! あなたが事故に遭ったなんて、本当に知らなかった」ローズは必死に訴えた。「あなたが何を考えていたのかも、セバスチャンがあなたに何を言ったのかも、わたしは知らなかった」そのときローズははっとした。さっきセバスチャンは彼女の正体を知ったとき、おびえたような表情を浮かべた。事の真相がようやくわかった。そう、十年前、彼は妹を守ろうとしたのだ。「セバスチャンはあなたに嘘をついたのよ」

ハビエルはローズの手首をつかむ指に力をこめた。

「セバスチャンとは長いつき合いで、どういう人間かよくわかっている。僕の生涯の友だ。彼が嘘をつくはずがない」

「でも、嘘をついたのよ」ローズは断言した。「セバスチャンはわたしに電話などよこさなかったし、わたしは彼と愛し合ったりしていない」

ハビエルは皮肉な笑みを浮かべただけだった。まったく信じてくれない彼にローズは深く傷つき、張りつめた声で言った。

「好きなように解釈していいわ。どうせ信じてくれないんだから。もう手を離してもらえるかしら。ベッドに行きたい」

ハビエルは彼女の手首を放し、表情ひとつ変えずに言った。「君みたいな女性にはふさわしい場所だ。心配するな、ロザリン。僕たちは結婚したんだ。過去を忘れ、お互いにできることを精いっぱいやってみようじゃないか」言うなり彼はローズの腰に両手を添え、自分のほうに引き寄せた。容赦なくキスを続け、彼女が降伏するまで唇を離さなかった。

ローズはひとり寝室に戻り、ほんの数時間前にハビエルからもらったネックレスを外した。涙で目がかすむ。ひと晩で歓喜のきわみから不幸のどん底に落とされてしまった。でも、信頼が築けないのなら、わたしたちの関係に将来なんてありえない。

そのとき、ローズはあることに思い当たりぞっとした。セバスチャンはハビエルだけでなく、わたしにも嘘をついたのかもしれない。あの鍵が合うかためしていたら。ハビエルがホテルに電話してきたとき、婚約しているのかと聞いていたら。ハビエルを信じていたら……。涙がローズの頬を流れ落ちた。

もう遅すぎる。ハビエルは決してわたしを愛さない。肉体的な情熱しかない結婚など、どうして耐えられよう？　ローズは枕《まくら》に顔をうずめた。泣いたのは、流産したとき以来だった。

11

ローズは涙のにじむ目で進み出て、ひとすくいの土を柩《ひつぎ》にかけた。この五週間というもの、ドン・パブロの存在は彼女にとって唯一の救いだった。その彼が亡くなり、今埋葬されようとしている。

ハネムーンらしきものからいったんセビーリャに戻り、二人はアシエンダへ引っ越した。ハビエルは相変わらず人前では思いやりのある夫を演じていたが、それ以外はローズを避けていた。彼の驚異的な自制心が失われ、情熱に押し流されるのは夜だけだった。だが、それは愛ではなかった。そのうえこの三週間、二人は別々の寝室で寝起きしていた。

アシエンダに戻って二週間後、ハビエルはひとりで二、三日セビーリャに行っていた。ローズは一日の大半をドン・パブロの看護に費やした。彼はその返礼に彼女にスペイン語を教えた。ドン・パブロの容態が悪くなると、ローズは主治医から痛み止めのモルヒネを注射してくれと頼まれた。

セビーリャから戻ってきたハビエルは、父親のことを口実に別の寝室を使いだした。看病の合間に仮眠をとっている妻を起こしたくないから、との理由で。愛人とよりを戻したのだろう、とローズは思ったが、口には出さなかった。

看病しているうちに、ローズはドン・パブロの人柄を知り、愛するようになっていた。ハビエルの幼いころの話を聞くのは楽しかった。老人は亡くなる前の晩、ハビエルを見捨てないとローズに約束させた。息子夫婦の間がうまくいっていないと気づいていたのだ。

ローズは頬を伝う涙を震える手でぬぐった。ドン・パブロが亡くなったのは悲しいが、心安らかに最後の息を引き取ったと思うと気持ちが楽になる。彼女は老人にある秘密を打ち明けていた。

ローズは柩に背を向け、ハビエルの隣に戻っていった。夫は妻に腕をまわそうともせず、冷たい瞳で一瞥《いちべつ》しただけで、柩に乾いた土がかけられていくさまを見守っていた。

一時間後、参列者たちの間を巡りながら、ローズはドン・パブロの友人の多さに驚いていた。彼は政府関係者からも尊敬されていた。アシエンダの中庭《パティオ》には料理の並んだテーブルがいくつも置かれ、シャンパンはふんだんにふるまわれている。すべてドン・パブロが望んだとおりだった。義父は、友人たちが彼の死を悼んで泣くのをよしとしなかった。

人の気配にローズは振り向いた。黒いスーツ姿のハビエルが立ち、イサベルのほうへ身をかがめている。イサベルは彼の腕にすがって泣いていた。黒いドレスは胸もとが大きく開き、脚のほとんどがあらわになっている。

ローズの口もとに苦々しげな笑みが浮かんだ。ハビエルの愛人とはイサベルかもしれない。

不意にハビエルが顔を上げ、ローズの視線をとらえた。彼女は眉を上げ、さげすみの目で彼を見つめ返した。そしてくるりと背を向け、家の裏手へと歩きだした。

ひとり静かに考えたい。湖に通じる庭は理想的な場所だった。ローズはドン・パブロのお気に入りだった木のベンチに腰を下ろし、青く輝く湖水を見つめた。みずみずしい緑の茂みの陰は、さほど暑くない。彼女はため息をつき、黒い麻のドレスの裾《すそ》を引っ張った。頭をのけぞらせて目を閉じ、ゆっくりと首をまわして体の緊張をほぐす。ストレスのたまる日々が続いていた。

「隣に座っていいかな？」

ローズは目を開けた。「セバスチャン」口をききたくなかったが、礼儀を失してはいけないと思い、彼女は答えた。「よろしかったらどうぞ」

セバスチャンは警戒しながらもほほ笑み、腰を下ろした。そのとたん、ローズの中で何かがはじけた。礼儀などもうたくさん。これ以上嘘《うそ》と秘密にまみれていたら、自分がだめになってしまう。ローズはさっと立ちあがった。

「やっぱり断るわ」緑色の瞳でセバスチャンをにらみつける。「よくもハビエルに嘘をついたわね。人の人生をもてあそぶ権利があなたにあるの？」

セバスチャンはひるんだ。「聞いたんだね」

「彼が言わないと思っていたの？　わたしの夫なのよ」十年前にセバスチャンが何をしたのか、どうしても知りたい。「わたしがあなたと愛し合っただなんて、どうしてそんなことを彼に言ったの？」

「悪かったよ。でも、君とは面識がなかったし、ハビエルとは子どものころからの友だちで、僕は彼から仕事をもらっているんだ。まさか君たち二人が再会するとは思わなかった」

少なくとも、後ろめたい顔をする程度のたしなみは心得ているのね。「でも、なぜ？」

「わからない？　君はびっくりするほど美しい。初めて見た瞬間、ハビエルが今までつき合っていた女性たちとは違うとわかった。妹のカティアはハビエルと結婚したがっていたから、君の存在を脅威に感じたんだ」

「二人が婚約していたと言ったわね。妹さんはしきたりどおりにバージンを守り、ハビエルはそれを立派だと思っていたって」ローズは愚かなことを口走ったと後悔した。

セバスチャンの口から不快な笑いがもれた。「カティアは何年も前にハビエルとベッドを共にしていたんだよ。でも、彼は妹のことなど眼中になかった。君がバルセロナに来たとき、ハビエルはまだ婚約していなかった。妹は彼を取り戻そうとしていたんだ。僕は妹を助けてやりたかった。君が現れ、あの鍵《かぎ》を見せてくれたとき、どうしても君を追い払わなければと思い、それで作り話をしたんだ。彼が女性たちに鍵をばらまいていると言えば、君はきっと鍵が本物かためすようなまねはしないと考えた。読みはみごとに的中した」
・ローズはうんざりした。「事故のことは？」
「君の泊まっているホテルに向かう途中で衝突したんだ。僕は同乗していて、君のことなどかまうなと彼を説得していた。君は鍵を残して〝ありがとう。さようなら〟と言っただけだ、とね。ハビエルは僕の話を信じなかった。けれど、そのとき反対車線から酔っぱらい運転の車がぶつかってきた。ハビエルの車はたいして壊れなかったけれど、彼は相手の運転手を助けだそうとして大やけどを負ったんだ」

「まあ。そしてあなたは、事故の件をわたしに伝えたとハビエルに言ったのね」

「ああ。ハビエルは意識を失う直前、君のいるホテルに電話してくれと言った」

「あなたは電話をくれたの？」

「したよ。でも、君がチェックアウトしたあとだった」茂みでかすかな物音が聞こえ、セバスチャンは振り返った。「なんだろう？」

「なんでもないわ。それから何をしたの？」ローズはいらだたしげに先を促した。

「君はとてもそっけなかった、とハビエルに言ったのさ」セバスチャンは肩をすくめた。「君は僕の話を信じて帰ってしまったし、ハビエルは何週間も入院していた。カティアは献身的に彼を看護した。三カ月後に君から電話をもらったときは慌てたよ。ハビエルは回復して、君に連絡をとりたがっていた。だから、僕は言ったんだ、あの朝君を抱いた、と。

それで、彼はようやくあきらめた」

ローズはぞっとしてセバスチャンを見つめた。

「わかってくれよ」彼はローズの腕をつかんだ。

「仕方なかったんだ。カティアにとってはハビエルしかいなかった。もううわさも立っていた」

「わたしが電話したあと、あなたは折り返し電話をくれて、ハビエルが来週結婚すると言ったけれど、あれも嘘？」

「ああ。でも結局、二カ月後にカティアと結婚したんだ」

ローズは一瞬目を閉じた。なんという嘘の数々。そのせいでわたしの赤ちゃんの命は失われたのだ。

「どうして今になって教えてくれたの？　良心の呵《か》責《しゃく》に耐えかねてのこととは思えない。あなたには良心のかけらも感じられないもの」

「僕も答えを聞きたいね」

振り返ったローズは、すさまじい形相の夫を見てショックを受けた。「ハビエル！」

ハビエルは歯を食いしばり、険しい目でローズを見やった。「ここは僕に任せて、家に戻って客の相手をしていろ」

ローズは二人の男性を交互に見た。開き直ったセバスチャンと、残忍な表情のハビエル。追いつめられた二頭の牡鹿《おじか》みたい、と彼女は思った。女性蔑視《べっし》の二頭の豚と言ってもいい。この二人のせいで、わたしは人生を棒に振りかけたのだから。ここは二人に任せよう。殺し合いになったってかまうものですか。彼女は二人の脇《わき》をすり抜け、家の中へと戻っていった。

ローズは通りがかったウエイターからシャンパンのグラスをもらい、一気に飲み干した。怒りと恨みが体の中で渦巻いている。だが、怒りの力に助けられて彼女は客の間を歩き、ドン・パブロの大勢の友人から慰めの言葉を受け取った。

「ロザリン」義父の主治医だったセルバンテスが呼び止めた。「そろそろおいとまさせてもらうが、その前にもう一度だけ礼を言わせてくれ。あなたに巡り合えてドン・パブロはとても幸運だった。彼はあなたに感謝していると思う。神よ、彼の御霊《みたま》を安らかに眠らせたまえ。ドン・パブロはあなたを誇りに思っていたよ」

ローズは老医師にほほ笑みかけた。「ありがとうございます。葬儀に参列いただいて感謝しております」

「実はわたしも年をとり、フルタイムで診療するのがだいぶつらくなってきた。あなたのスペイン語はドン・パブロの指導のおかげで飛躍的に上達したから、どうだい、わたしのパートナーになってくれないかね？」

「わかりました。考えてみます」ローズにとって、それはうれしい申し出だった。

なんでしょう」

ハビエルは妻の怒った顔をいぶかしげに見つめた。

「言っただろう、彼女は友だちでもなんでもない。最後の客が帰るまで僕の腕に手をかけ、妻らしくふるまうんだ。父の気持ちを尊重しないと」

痛いところをつかれたローズは仕方なく広い玄関ホールにハビエルと並んで立ち、むきだしの腕に添えられた彼の手の感触を意識しながら、客たちを見送った。最後の客が帰ると即座に彼の手を払いのけ、この二時間いだき続けた疑問を口にした。

「セバスチャンはどうなったの？」

ハビエルは硬い表情でローズを見つめた。「帰った。君はもう心配しなくていい」

「言いたいことはそれだけ？」

そのときローズは、彼が拳《こぶし》を固めているのに気づいた。片方の手は指の関節の皮がすりむけ、赤くなっている。

それから一時間のうちに、ほとんどの客が帰っていった。人々の中にひときわ背の高いハビエルの姿が見えたが、彼はローズの目を避けていた。彼女の怒りはいくらかおさまってきていた。セバスチャンが何もかも白状した今、かすかな希望がローズの心に芽生えていた。ハビエルと正直に話し合ったら、わたしたちの結婚生活はうまくいくかもしれない。

そんな希望をあざ笑うかのごとく、ローズの目に、イサベルに別れの挨拶《あいさつ》をする夫の姿が飛びこんできた。甘い考えは捨てなさい、とローズは自分を叱《しか》りつけた。ハビエルはイサベルの両頬にキスをし、背筋を伸ばしてあたりを見まわした。彼の目がローズの視線をとらえた。

「ロザリン」ハビエルはローズに近づき、肘を取った。「みんなにおやすみの挨拶をしよう」

ローズは彼の手を振りほどき、皮肉をこめて言った。「イサベルならもう帰ったわ。大切なお友だち

「殴ったんじゃないでしょうね？」ローズは叫んだ。

「壁ですりむいただけだ。さあ、もういいかな。僕はまだ用事が残っているんだ」ハビエルは目を合わせずに言い、妻を突き放すようにして大股で立ち去った。

ローズは彼が肩をいからせ、書斎に向かうさまを見つめていた。ドアが勢いよく閉まる音が響いた。

ハビエルはもう真相を知っている。セバスチャンがわたしたち二人に嘘をついたとわかっているのに、まだわたしを遠ざけようとする。わたしなんかどうでもいいのよ……。

ハビエルに望まれていない、という事実を受け止めなければ。この三週間、彼は一度もわたしに触れなかった。毎日のようにどこかへ出かけ、夕方戻ってきては、父親の隣に座っていた。わたしが病室に入るとすぐに出ていってしまう。ローズのまぶたに、夫が愛情をこめてイサベルに別れのキスをするさまがよみがえった。家の外で会っていたのが愛人でもイサベルでも、とにかくハビエルはわたしを裏切らないという約束を破ったのよ。

ローズはまばたきして涙をこらえ、がらんとしたホールを見渡した。ひとつの時代が終わった。ドン・パブロはもうこの世に存在しない。ロザリン・バルデスピノもじきにそうなるだろう。ドクター・メイの時代に戻りたい。この数カ月を消してしまいたい。でも、臨終間際のドン・パブロにわたしは約束をした。ハビエルが約束を破ったからといって、わたしが約束を破ってもいいものかしら？

ローズはふらふらとキッチンへ向かった。そして椅子に腰を下ろし、テーブルに肘をついてうなだれた。心身共に疲れ果て、ベッドまでたどり着く力も残っていない。夫に挑戦する気力もなかった。

どれくらいそこに座っていたのだろう。ローズはやがて重いため息をもらし、涙をぬぐって玄関ホールへ引き返した。

動物が痛みをこらえきれずうめくような声が聞こえ、続いてガラスの割れる音がした。書斎からだった。ローズは一目散にホールを横切り、書斎のドアを押し開けた。

ハビエルは黒い革張りのソファにぐったりと座りこみ、両手で頭を抱えていた。広い肩が震えている。上着もネクタイも脱ぎ捨て、砕けたガラス瓶が転がり、床に琥珀《こはく》色の小さな水たまりができている。部屋じゅうにブランデーの香りが立ちこめ、ソファの前のテーブルには空のグラスが置いてあった。

「ハビエル」ローズはそっとささやいて夫の隣に座り、慰めるように腕を肩にまわした。

ハビエルは顔を上げ、濡《ぬ》れた瞳を彼女に向けた。

「まだここにいたのか、ロザリン」彼はうめき、おぼつかない様子で黒髪をかきむしった。

「いいのよ……。あなたのお父さまはすばらしい方だったんですもの」ローズは低い声で言った。決して人に弱みを見せない夫が、父親の死に打ちのめされているのを見て、胸がいっぱいになった。

「君に同情されると、なんと言っていいかわからなくなる」ハビエルは荒々しい口調で言い、長い指で彼女の顎をとらえて、自分のほうを向かせた。「苦しいのは父が亡くなったせいじゃない。君のことだ。僕にあんな言い方をされていながら、なぜここへ来た？　僕を憎んでいるだろうに」

「わたしは医者よ。医者は人を気遣うのが仕事でしょう」ローズは軽くいなそうとしたが、胸に強く迫るものがあり、声が震えた。「あなたを憎むなんてできないわ」これ以上は胸の内をさらけ出せない。

ローズは夫を見つめた。

ハビエルは息を吸いこみ、長い間ローズを見つめていた。「いつか僕を愛してくれるだろうか？」

力のない声で尋ねる彼の瞳には不安と孤独がかい

ま見える。ローズは黙っていた。彼女もやはり不安と孤独をいだいていた。

「無理に決まってるよな」ハビエルは立ちあがり、ローズを見下ろした。「セバスチャンの嘘を信じていたとき、僕は君の口を封じた。君を脅して結婚を押しつけたときもだ。葬儀が終わり、最後の客が帰ったら、君はすぐにここを立ち去ると思いこんでいた。だから、君が出ていくのを見なくてすむよう、酔っぱらってここに閉じこもろうと思った」彼の顔がゆがむ。「だが、酔うことすらできなかった。ブランデーの瓶を落としてしまったよ」

ローズはゆっくり立ちあがり、彼の腕に手をかけた。「わたしに出ていってほしい？」彼女は無意識のうちに、彼のむきだしの腕をさすっていた。

ハビエルは日焼けした肌に置かれた青白い手を見て、息をのんだ。「とんでもない。君を愛している。ずっと愛していたんだ」

待ち焦がれていた言葉を聞き、ローズの胸に希望の火が燃えあがった。

「この十年間、ずっと寂しい思いを抱えて生きてきた。愛してもいない女性と結婚し、後悔していた。やっと再び君に巡り合えたときには、もはや遅かった。君を愛している以上、君を無理やりここに置いておくわけにはいかない」

ローズは緊張した。「わたしが出ていったら、誰にわたしの代わりをさせるの？　イサベル、それとも愛人？」きかずにはいられなかった。このところ、ローズは彼がほかの女性と抱き合っている姿を想像し、胸が引き裂かれる思いを味わい続けていたのだ。

荒々しい瞳が彼女をとらえた。「いや、ロザリン。君に代わる女性はこの世にいない。君だってわかっているはずだ。感じているはずだ。君と一緒にいると、我を忘れて君を愛してしまう」

「でも最近は――」

「地獄の苦しみを味わっていたんだ」ハビエルは遮った。「君が欲しくてたまらなかった。でも、君に触れる勇気がなかった。セビーリャに行く前の晩、父は君を深く愛していると僕に言った。僕がついにすばらしい女性を見つけた、と父はとても喜んでいた。父は短い間に君の人となりを知り、優しく思いやりのある性格を、正直な人柄を見抜いた。僕が認めようとしなかったものが、死に瀕《ひん》した父にはちゃんと見えていたんだ。父の言うとおりだとわかっていただけに、結婚式がすむとひどく気持ちが落ちこんだ。セバスチャンの話を聞くまでもなく、君を責めるのは間違いだとわかっていた。君には、あふれんばかりの愛情と同時に、罪の意識も恐ろしいほど感じている。君になんということをしてしまったのだろう。セビーリャに逃げだしたのは、自分がやりきれなくなったからだ」

「ああ、ハビエル」

「最後まで聞いてくれ。セビーリャから戻り、君が父と話をし、父を慰め、気遣うさまを見ているうちに、自己嫌悪のあまり、君にはとうてい触れられないと思った。どんなに愛しているかも言えなかった。僕は君にふさわしい人間じゃない。でも、君がまた逃げだすのが怖かった」

ハビエルはわたしの目を見ようとしない。でも、愛していると言ってくれた。「逃げるとしたら寝室かしら」ローズはかすれ声でつぶやいた。

ハビエルは振り向き、金色の光を瞳にともし、ローズの目を見た。「冗談はやめてくれ、ロザリン。真剣に話しているのに」

ローズは彼の首に腕をからませ、がっしりした温かい体にもたれて夫の顔をのぞきこんだ。女神を思わせるまなざしだった。「本気よ。あなたを愛しているの」

二本の力強い手が鋼鉄のベルトさながらローズに

巻きついた。「信じられない。でも、どうしても君が必要なんだ、ロザリン。今夜みたいに優しく触れて慰めてもらいたい。我を忘れて君の体におぼれたい。これが夢でもかまうものか」言うなりハビエルはローズの唇を奪った。激しいキスは彼の気持ちを如実に表していた。

やがてハビエルはローズを抱きあげ、寝室に入った。彼女を立たせ、素早くドレスの前のボタンを外す。ローズの手も素早く動き、またたく間に二人は生まれたままの姿でベッドに横たわった。ハビエルはローズの唇を求め、貪欲《どんよく》に味わった。ローズは愛をこめて両腕を彼の首にからませた。夫にキスをされたのは久しぶりのような気がする。

「愛しているわ」

今度はハビエルに信じてもらえた。終日悲しみに浸っていた二人は愛を確かめ合い、一緒に生きていこうと心新たに誓うと同時に、癒《いや》される喜びも、肉体の歓喜も味わった。

「セバスチャンがどうなったのか、教えて」ローズはハビエルに抱かれ、長い間けだるい余韻を楽しんでいた。夫の傷ついた手を口に運び、すりむけた指の関節にそっとキスをする。

「わかっているくせに」ハビエルはからかうように言った。「君が外に出たあと、セバスチャンがあとをつけていくのが見えたんだ。それで彼のあとを追い、話を全部聞かせてもらった。あいつを殺したかった。僕たち二人に嘘をつき、そのせいでお互い何年も無駄にしてしまったと思うと……」ハビエルはローズを抱く腕に力をこめ、顎を彼女の頭にすりつけた。「でも、一発殴っただけで我慢したよ。もう二度とあいつに会うことはないだろう」

「お友だちなんでしょう。それに、妹さんのためを思ってしたことよ」

「許しがたい行為というものもある」ハビエルはロ

ーズの顎に指を当て、かすかに苦笑した。「そういえば、君にまだ許しを乞《こ》うていなかったね。僕が悪かった。あのとき君を捜すべきだったのに」

「大変な事故に遭ったんだし、セバスチャンの話だと、回復後もあなたは連絡をとろうとしてくれていたんでしょう。それで充分よ。わたしだって、彼の嘘を信じるべきじゃなかったわ」

「まだ君は十九歳だった。僕は君より十歳も年上なんだよ」悲しそうな笑みを浮かべる。「ひとつだけききたいことがある。三カ月後になぜセバスチャンに電話をしたんだい？」

　ローズはその質問をずっと恐れていた。緑色の瞳が苦しげに曇る。「イギリスに戻って一カ月ほどして、妊娠していることに気づいたの。住む場所もお金もあったから、未婚の母になってもいいって自分に言い聞かせたけれど、あなたには知る権利があるし、だんだん気がめいってきて……。それであの名刺に載っていた番号に電話をしたの。妊娠したとは言わず、ただ、あなたに至急話があるってセバスチャンに言ったんだけど、彼はわかっていたんじゃないかしら。彼は折り返し電話をくれて、ハビエルは話などしたくないと言っているって。あなたが次の週に結婚するとも言ったわ」ローズは言葉を切り、ハビエルを見あげた。ハンサムな顔にはなんの表情も表れていない。

「続けて」

　わたしが中絶したと思っているのね。「そ、その日……出血が始まったの」ローズは口ごもった。あのときの話をするのは身を切られるようにつらい。

「その晩病院に駆けこんで、流産したわ。ストレスか、ショックのせいか、それとも、赤ちゃんはどのみち助からない運命にあったのかも……」

「ばかな！」ハビエルは叫んだ。「もし知っていたら、あいつを殺していた」

「いいの」ローズは両手で彼の頬骨をそっと包んだ。「もうずっと昔の話よ」

「八年間の結婚生活で、カティアは一度も妊娠しなかった。僕が父親になれる可能性は低いに違いない。後継者を作れないのが、父との口論の原因だった」

「もしお義父《とう》さまが今わたしたちを見ていたら、きっと顔をしわくちゃにして笑っていると思うわ」ローズはハビエルの眉間《みけん》の溝を指でさすった。「先にあなたに言うべきだったけれど、亡くなる前の晩にお義父さまにお話ししたら、とても喜んでいらしたわ。わたし、赤ちゃんができたの」

ハビエルはローズの全身に目を走らせた。胸に触れ、その手を平らな腹部にあてがう。彼の瞳はあふれんばかりの愛情に輝いていた。「本当なんだね？いつ？」

ローズはにやりとした。「わたしは医者なのよ。バルデスピノ家のハーレムベッドは今も不思議な力を失っていないわ」

「最初の晩か。あのベッドは二回使っているぞ」浅黒い顔に満足そうな笑みが広がった。ローズはついに尊大でハンサムな夫を取り戻した。

不妊の原因が自分にあるのではという夫の不安を解消でき、ローズはうれしかった。ハビエルの髪に指をからませ、彼女はキスを求めた。「お医者さんごっこをしたい？」

「僕が看護婦役か」

「ハビエル、今は男性看護師さんもいるのよ。また男尊女卑の考え方をしているわね」

ハビエルは低く笑い、妻に優しくキスをした。長く、かすかに後悔の味がするキスだった。求めた許しは得られ、二人の将来には舞いあがるような幸福が約束された。

ハーレクイン®

ハーレクイン・ロマンス　2002年9月刊（R-1801）

脅迫された花嫁

2024年8月5日発行

著　者　ジャクリーン・バード
訳　者　漆原　麗（うるしばら　れい）

発行人　鈴木幸辰
発行所　株式会社ハーパーコリンズ・ジャパン
東京都千代田区大手町1-5-1
電話 04-2951-2000（注文）
0570-008091（読者サービス係）

印刷・製本　大日本印刷株式会社
東京都新宿区市谷加賀町1-1-1

ISBN978-4-596-63907-3 C0297

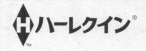